파라문예

10

시인의 파라다이스

펜을 든 사람들

이영철 (한국문인협회 이사, 파라문예 회장)

시간의 흐름에 무뎌지고 반복되는 일상에 찌들어 가는 우리에게, 고향 마을 앞을 몇백 년 지켜온 고목은 말한다.

"꼬마야, 왜 그렇게 바쁘게 사니?"

잠시 멈춰 서서 맑고 잔잔한 마음의 호수에 나를 비춰 보면, 욕심과 이기심으로 만든 채찍으로 자신을 학대하고 있는 나를 보게 된다. 깜짝 놀라 채찍질을 멈추고 주위를 둘러보니 나 같은 바보가 한둘이 아니다.

채찍을 내려놓고 펜을 들었다. 상처가 아물고, 갈증이 해소된다. 마음의 문이 열리니 세상이 달리 보인다. 썩 마음에 들진 않지만 잘만 다듬으면 제법 멋진 세상이 될 것 같다. 펜을 든 사람들이 하나 둘 모여 각자의 연장으로 세상을 다듬기 시작했다. 시(詩)라는 망치로, 소설(小說)이라는 삽으로, 수필(隨筆)이라는 톱으로……

그렇게 시작된 작업이 벌써 10년을 맞이했다. 아직 근사한 건물이 서진 않았지만, 아직 넓은 길이 닦이진 않았지만, 처음보다는 훨씬 근사한 세상이 펼쳐져 있다. 이제 서로의 땀을 닦아 주며 우리가 만든, 우리가 만들 세상에 대해 웃으며 이야기하자.

어느덧 〈파라문예〉가 벌써 열 번째 문집을 낳았다. 다시 한 번 〈파라문예〉 10주년을 축하하며, 앞으로도 문학에 대한 열정이 식지 않는 언제나 순수한 동인들의 놀이터로 남길 바란다.

파라문예 10호를 펴내면서

채 련 (시인의 파라다이스 파라지기)

'네 시작은 미약하였으나 네 나중은 심히 창대하리라'는 기독교 가정이나 사업체, 식당 같은 곳에 액자나 서체로 표구화해서 걸어 둔 것을 흔히 발견할 수 있는 세속화된 성경 문구입니다.

구약성서 욥기서에 기록된 것으로 욥의 고난을 두고 그의 친구의 발단으로 욥에게 전한 말로서, 능력이나 위치는 미약할지라도 겸허한 자세로 차근차근 단계를 밟아 노력하면 훗날 성공하리라는 기원이라 할 수 있으며 시련에 처한 이들에게는 위로가 될 수 있지요.

다음 문학창작 카페 '시인의 파라다이스'를 처음 개설할 당시에는 앞이 막막한 그야말로 혈혈단신 미약한 시작이었으나, 다사다난하게 이어온 10여 년 세월이 흘러 15만 회원과 오목새김하며 고품격 대형 카페로 성장하여 '시인의 파라다이스'에서 활동하는 시인, 작가들의 활동영역을 저변확대하는 데 이바지했다고 자부합니다.

미디어와 비디오를 투합한 커뮤니티를 통하여 보고 듣고 느끼는 인터넷으로 그치지 않고 '시인의 파라다이스' 만의 독특한 문학세계를 남기고픈 의지에서 탄생한 『파라문예』야말로 '처음 시작은 미약하였으나 현재에 이르러 창대해졌다' 고 하면 떠오르는 수많은 카페 회원들과 문인, 선후배, 스승님들께 겸허해집니다.

시집이나 문예지가 돈이 되지 않는 세태에서 시를 쓰고 소설을 쓰는 창작의 길은 물질만능주의 시대에 쇠퇴하는 듯하지만 돌이켜 보면 메마른 정서에 꽃을 가꾸고 나무를 가꾸는 농심과 같은, 의식 저 밑바닥에 아름다운 정원을 지닌 내공이 깊은 아름다운 사람이라 말하고 싶습니다.

만 10년을 한결같이 동행한 귀한 분들과 중도에 올라 『파라문예』 10호에 오른 모든 분들께 진심으로 감사함 전합니다.

2014년 봄
채 련

http://cafe.daum.net/cheryeun

파라문예 ⑩

권두언

발간사

파라문예시선

파라문예시편

파라단편소설

파라산문

http;//cafe.daum.net/cheryeun

파라문예시선

김덕천

인천 덕적도 출생
한국문인협회 회원
하울문학 시 부문 신인상 수상(2006)
시집 『나무 자전거』 『연애, 참 외로운 것』
공저 『파라문예』 『서석문학』 외

유혹

너의 앵두빛 입술에
나의 심장은 보랏빛
나를 멈추게 하는
너의 매혹적인 눈웃음
온 세상이 핑크빛인 걸

그러나
다가설 수 없는 유혹
바라만 볼 수밖에 없어서
스쳐 지나가는 인연에
살포시 안겨 본다
포근한 네 가슴 속으로……

도리도

여름의 문턱에 앉아
어스름한 섬 하나에 모여
꺼질 줄 모르는 웃음이
고요를 타이르고 서 있다

적막은 바다에서 피우고
가끔씩 들리는 익숙한 소리
아주 오래된 기억 속의 소리
째각대는 바위의 부딪힘 소리

아무도 없는 이곳에도
끝없는 이야기가 흐르고
발길도 닿지 않는 그림자도
천천히 움직이고 있는 무인도

저 멀리 물 끝에서 들리는 불빛
하나 둘 피어나고
또 천천히
적막의 천장을 두드리고 있는
섬 하나
도리도

쪽방촌

빛줄기를 머금은 채
어둠에서 일어서는 그대
자식 없다고 눈물 흘리지 말고
자식 많은 어린 초목을 그리워 마라

자식들 제아무리 많아도
그 자식들의 손과 발 심신이
때가 되면 모두 그대와 같으리니

언젠가 그들도
가지와 잎을 떨구고
외로운 고목으로
그대 곁에 서 있을 것이다

최홍연

대한문인협회 회원
창작문학예술인협회 회원
아람문인협회 회원
한국시민문학협회 회원
선진문학예술인협회 회원
국제문학바탕문인협회 회원

쑥부쟁이

당신을 사랑합니다
부질없는 속마음 말도 못하고

바람에 몸 맡겨 울며
고적한 풀숲에 홀로 살아도

부끄러운 속살 감추고
그대 보고 싶어요 그리워요

속 빈 웃음으로 가을을 호리며
임 마중 가잔다

풀잎에도 있는 향기처럼

세상에 상처 없는 사랑은 없듯이
들꽃은 들에 피어야 더 아름답듯이
내 사랑 그대를 사랑함은 필연인 것을

인생은 혼자가 아니라 삶은 위로하는 것이고
마음을 나누면 사랑이 자라는 것인데
인생 그 희비의 쌍곡선에서
추억할 수 있는 모든 것들을 사랑하리라

뜨겁게 더 뜨겁게 가슴 깊이 파고드는
풀잎에도 있는 향기처럼 감미로운
물안개처럼 피는 은은한 오롯한 사랑은
그대와 나의 명(命) 줄을 동여맨 운명입니다

동행의 사랑 꽃

내 마음 그대라는 이름
탈색하는 사랑은 아니겠지요
정 주고 마음 주고 살아온 세월
토닥토닥 다져온 행복은
천상에서도 함께할 우리의 운명입니다

내 입술이 열릴 때마다
나는 그대가 그립다
하늘 우러러 늘 되뇌어 보는
백 년의 약속으로 한 송이 꽃이 되어
내 가슴에 있는 사랑
살다 보니 바람결에 중년이 되었어도
불처럼 뜨거운 사랑 여전합니다

오늘이 있으니 내일이 있는 것처럼
영원으로 이어질 불변의 법칙이 된
필연으로 내 가슴 속에 사는 사람
우리 맺은 언약으로 아름답고 행복한 세상
그리우면 그리운 대로
보고 싶으면 보고 싶은 대로
울어도 울어도 끝나지 않는 시(詩)가 되는
마음 밭에 심어 놓은 동행의 사랑 꽃이 된
당신도 나처럼 사랑을 느끼나요

권규학

늘푸른문학회 회장
한국문인협회
한맥문학가협회 회원
태화문학 수필 등단(1982)
한맥문학 시 등단(2004)
장폴 사르트르 문학상 서정시집 최우수상(2010)
시집 『詩가 삶이 될 수 없는 이유』
　　『그대 사랑 앞에선』『하늘바라기』
　　『사랑바라기』『마주나기』『어긋나기』
　　『사랑이 잠시 외출을 했을 때』
공저 『파라문예』3집~9집
　　『늘푸른문학』1집~11집 외 문예지 100여 권

별은 내 가슴에

별이 보고 싶어
별이 있다는 산으로 갔다
그곳에 있던 별
어느 곳으로 갔는지 보이질 않는다

언제나 초롱초롱 반짝이던 별
나의 별은 어디에 있을까?
두리번두리번 사방을 살피다가
언젠가 봐둔 곳
별 뜨는 언덕으로 발길을 돌렸다
그곳에도 별은 없었다

눈을 감았다
세상 어디에서도 찾을 수 없다던 별
눈을 감으니 그 자리에 있었다
눈꺼풀과 눈동자 사이
얇은 망막을 비집고
그 맑고 촉촉한 자리에 별이 있었다

눈을 감은 채 시리도록 구경했다
행여 빛을 잃을까
한 번이라도 더 봐 두려고 눈을 뜨지 않았다
감긴 두 눈 속에서 별은
제멋에 겨워 반짝이고 있었다

차라리 눈을 뜨지 않은 채
영원토록 별을 볼 수 있으면 좋으련만……
자꾸만 눈을 뜨라고 보챈다
아직 별을 모두 보기에는 멀었는데
눈을 뜨고 별을 보라고 부추긴다

눈을 뜨면 별을 잃는다
뜨지 않아도 또 영원히 잃고 만다
어쩔 수 없이 눈을 뜨고
눈 안에 들어찬 별을 본다
서서히 흐려지는 별빛
더 늦기 전에 별을 옮기기로 했다
눈을 떠도, 눈을 감아도
언제 어디서나 볼 수 있는 곳
마음 안, 한켠에 별을 담았다

오늘도 나는 별을 보고자 산을 오른다
그리곤 눈을 감은 채 별을 찾았다
그곳에 있던 그 별
누가 따 갔는지 보이질 않는다
눈 안에 있던 그 별도 사라지고 없다

어디로 갔을까?
어디에 있을까?

콩닥콩닥, 가슴 한쪽이 들썩인다
그래! 바로 여기에 있었구나
그제야 별을 찾았다
산마루 끝 하늘에서, 눈 속에서 따와
가슴 한켠에 숨겨놓은 그 별
날이 가고 달이 가도
별의 모습으로 내 가슴에 남을

사랑, 행복, 그리고 운명

행복이란 무엇일까?
좋아하는 일을 찾으면
행복이란 녀석을 만날 수 있다기에
이순(耳順)을 코앞에 둔 이 나이까지
삼천리 방방곡곡을 뛰어다녔다

하지만 없었다
이 세상 구석구석
그 어디에서도 만나보지 못했다
'좋아하는 일'이란 바람기 많은 녀석은
머리카락 보일라 꼭꼭 숨어 버렸다

알고 보면
숨은 것도, 사라진 것도 아니었다
행복이란 놈
좋아하는 일을 하기보다는
자신이 하는 일을 좋아하면 만날 수 있는

그제야 알게 되었다
사랑, 행복, 운명이란 것
하늘이나 신이 지배하는 게 아니라
스스로 만들어 가야 한다는 것을……

쉽지는 않았다

마치 손에 쥔 모래알처럼
살짝 잡으면 손안에 있는 것 같다가도
움켜쥐면 금세 흘러내리고 마는……

달걀을 얻고 싶으면
시끄러운 암탉의 울음을 참아야 하듯
여유를 두고 천천히 기다리면
언젠가는 찾아올 테지만
너무 세게 잡아채면 사라지고 마는……

그런 것이다
사랑도, 행복도, 하물며 운명까지도

자작나무 숲, 그 고혹의 기억 속으로

숲을 바라본다
오래도록 앉아 있거나 서성이듯 걷는다
사위(四圍)가 고요히 익어가는 시간
나무 사이를 물들이며 천천히 누린다

시리도록 아름다운 겨울 하늘과
하얗게 드러난 자작나무의 어울림
맑은 눈을 가진
어느 소녀의 얼굴이 아른거린다

나무 숲을 걷는 내내 단꿈에 빠져든다
향긋하고 새하얀 꿈
잊힌 기억처럼 하얗고 찬란하다
자작나무 숲에는 순백의 신성함이 살아 숨 쉰다
그래서 치유의 숲인가 보다

하얀 숲에 바람이 분다
바람이 불면 잎새만 스치고 말 일이지
자작자작, 생경스런 소리를 낸다

하얀 숲에 햇볕이 스며든다
햇살이 비추면 눈을 마주하고
그저 손을 뻗을 일이지
꼿꼿이 등지고 서서

쭉 뻗은 검은 다리를 길게 늘어뜨린다

어느새 하얀 숲에 눈(雪)이 번진다
눈이 오면 켜켜이 쌓일 일이지
뽀얀 살결에 차가운 눈을 촉촉이 배어 안는다

하얀 숲에 어둠이 내린다
깜깜한 밤이 오면
느긋이 잠들고 말 일이지
하얀 별을 숲 속 가득 드리운다

계절에 따라 바람이 바뀌고
몸짓과 색깔이 달라지는
언제나 속삭이는 자작나무 숲
그곳에
어느 여인의 아름다운 사랑이 도드라진다

김대식

아호 : 야천(野川)
강원도 영월 출생
한국문인협회 정회원
서라벌문예 시·수필 부문 등단(2005~2006)

고향의 샘

여인의 가슴 같은 산
조용한 마을
외솔길 따라 외딴 우물을
나 홀로 찾아 가선
우물 속에는
하늘이 펼치고 달이 밝고
구름이 흐르고
파아란 하늘에 바람이 불고 가을
황금들판 한 시인이 그 샘에
추억에 어머님 모습에 보이고
가족들이 샘 속에 구름 이불 덮고
밤하늘에 달을 보며 별들의
합창 노래에 잠들고
정작 자신이 없는 걸 보고 슬퍼 울고
하늘에 달을 보고 바람에
별들도 떠나가네 한탄하네

메밀밭

산둥선 메밀밭
한겨울 눈이 내려 하얀 풍경 같다
노랑나비와 꿀벌들 일터 메밀밭
죽은 듯이 조용한 산천
들꽃들은 만개하고
목마른 짐승들 울음소리에
산새들은 놀라 공중에 날고
숲 속에 검은 머루 알맹이 빛
달의 숨소리 같이 차디찬 얼음 냄새가
목마른 농부 입속에 단 꿀이로다
흰옷 입은 농부가
메밀밭에 아니 보이자
밭가에 황소가
하얀 옷과 메밀꽃에 현혹되어
제 주인 찾아 큰 소리로 음매 울고
산 위에 달빛은 손에 잡힐 듯이
바람을 몰고 메밀밭 위에
하얀 눈보라를 이루네
콩 포기와 옥수수 잎새가
한층 달빛에 푸른색에 젖었다
돌 집어 깨 금알 따닥 소리에
밤하늘 별들이 쏟아지네
잠자던 물속 고기들 놀라
물 위에 달빛을 쳐다보네요

곤드레 나물

강원도 태백산
깊은 산골
천년의 향기 곤드레 나물
사람들이 허기질 때면
늘 곤드레 나물
찰옥수수 알맹이 맷돌에 갈아
밥 짓던 보릿고개 시절
네 고향 맛이 그리웠다
봄바람 골바람
각종 나물 참기름 바르고
향기에 아낙네 손길이
미역취 곰취 참취 학취
전우취 나물들이
허리춤 다래끼에 가득하다
한 사람 숟가락 맛으로
찾아내는
곤드레 나물 비빈 밥
우리 고향 자랑이라
지금은 고기 밥상에 밀리어
우리네 밥상에 멀리 사라지네
관광객들 너도 나도 곤드레 나물에
침이 마르도록 자랑하는구나

이계동

파라문예 동인
시 부문 등단(2012)

그 아이에게 띄우는 연서

사랑 그
그리움 눈물로
점철된 질곡의 시간

너이기에 우리 사랑
하나 되는 그날까지

긴긴 시련 가로막아서도
기꺼이 감내하며
시련을 시련이라 말하지 않을래

언젠간 간절한 이 마음
너 알아주고 받아주지 않을까
기다릴게 서둘지 않고
너무 나서 널 당황하게
하지도 않을게

우리 두 사람 이야기

내가 그러하듯
달님이 그러하듯 너도 하얀 밤 내내
잠 못 들고 눈물로 지새운 건 아닌지

정말 정말 많이도 취한
어느 날엔
나 아파하는 만큼
너도 아파할 것만 같아
더는 아플 수 없었던 날들
그럴 때면 스스로 최면 걸곤 해

이제 더는 널 그리지
않겠다고 우리 두 사람
서로를 그리며 아파하지 않기를
바라고 또 바라지 바보처럼
울부짖어 외치는
염원
들은 건지 못들은 건지
하얀 밤하늘
달님은 달무리만……

염원

나는 낮과 밤이 교차하는 지금이 싫다
못 견디게 사랑이 생각나는 지금
내 가슴은 쉼 없이 사랑에게로 달려간다

저 멀리 지는 해야
너 다시는 사랑의 아픔에
붉게 물들지 말아라
물결의 출렁임아

사랑이 너의 맘 흔들고 가거든
떠가는 구름 되어 사랑의 가슴에
촉촉이 내리는 비가 되어라

비에 젖어 사랑 맘도 내게로 흘러라
우리 마음 그렇게 하나 되어 멈춤 없이
흐르고 흘러 강을 이루고 그 강 영원으로 가리니

저의 죄 용서하지 마옵소서 죽거든 지옥 불 떨어져
지은 죄 기꺼이 받겠나이다
현세의 이 맘 이루어주소서 관세음보살(觀世音菩薩)

명현미

아호: 송향
청옥문예연구소 발전위원
한국청옥문학예술인협회 문화부 이사, 광주지회장
낙동강문학 시 부문 등단
계간청옥문학 시·수필 부문 등단(2011)
시집 『나홀로 여행』

지나 버린 나날

텅 빈 방 안에 홀로 앉아
지난날을 되뇌어 보는 시간

한 사람을 마음에 품어
진홍빛 사랑을 했지

강산이 두 번 바뀌는 세월
우린 앞만 보고 달려 왔지

지금껏 쌓아 온 것은 무엇인가
진정 '성공 했다, 후회 없다' 할 수 있나

힘겨운 날 행복했던 날 보람된 날
표현할 수 없는 인생의 고갯길

내 자손에게 물려줄 것이 무엇일까
다시금 되돌아보며 미래의 열차를 탄다

모과나무

모퉁이 돌아가면
흰 담벼락 앞
나무 한 그루

오월이 되면 녹색의 잎이
유월이면 작은 초록 열매 열리고
매실처럼 생겼다 싶었지만

자꾸만 동그랗게 커져 가네
한 해가 지나고 다시 한 해가 되면
늘어만 가는 넓은 잎과 열매 수

혹 말썽쟁이 동네 녀석들이
나무에 올라갈까 두려워서
탱자나무 가시로 모과나무를

칭칭 감고 녹 끈으로 다시 한 번
얼마나 모과나무는 따갑고
괴로우며 답답히 느낄 것인가

때론 맛있는 차로 만들고
때론 향기로운 모과주
바람 비 공기 햇살 땅의 기운

마음껏 받아들여야 할 모과나무
가시에 갇혀 끈에 묶인 신세
불쌍한 모과나무

인간에게 수확의 기쁨 주려
자연의 변화에 견뎌 내는 모과나무

하늘 아래 생각

높고 푸르른 하늘 밑
비행기가 날아가는 모습
위에서 아래를 보니
너무도 작게 보이는 것이
꼭 장난감처럼 보이네

흰 구름은 바람 따라
조금씩 흐르며
자리를 옮겨가는 곳은
어디 메요

구름 모양이 사람 마음처럼
여러 가지로 변하는 것은
땅 아래에서 위를 보니
우리네 마음의 욕심 같아요

류인순

아호: 가향
문학세계문인회 정회원
한국문인협회 정회원
세계문인협회 회원
시사랑 시의 백과사전 회원
시와 그리움이 있는 마을 회원
파라문학회 회원
문학세계 등단
공저 『하늘비 산방(山房)』 『시인의 파라다이스』
　　『파라문예』 외 다수
명작선 『한국(韓國)을 빛낸 문인(文人)』 선정 작가(2012, 2013)

소중한 인연

그땐
정말 몰랐습니다

인연의 빨간 끈
그 실 끝에 묶여있는
내 반쪽
바로 당신이란 것을

엉킨 실타래
한 올 한 올 풀고 보니
그 끝자락 잡은 사람
아름다운 당신인 것을

바람 소리 그리운 날엔

바람의 고장
거제 학동 동남쪽 바다
이끼 옷 입은 고목 동백 숲과
그림 같은 풍차가 내려다보는 곳

초록 모자 눌러쓴 동그만 언덕
바람이 늘 주인 되어 머물고
하늘도 물도 에메랄드빛 눈부신
거제 바람의 언덕에 올라
싱그러운 바다 향기 한입 베어 물고
거센 바람과 힘겨루기하다 보면
묵은 체증 한 방에 날아가는 곳

살다가
한 번쯤 이곳에 와서
바다 건너 학동 해변 몽돌 구르는 소리
눈으로 마음으로 당겨도 보고
가슴속 파도 잠재워도 보고
두 눈에 자연의 아름다움 오롯이 담아
벤치에 앉아 한 박자 쉬어가며
바람이 바람 부르는 환상곡에
온몸 한번 묵묵히 맡겨 볼 일이다

여름 달구는 소리

칠월이 바람까지 익히며
한여름 달구던 날
십이 층 방충망에 붙은
매미 한 마리
시끄럽게 울어댄다

그 울음 멈추게 하려고
손뼉 치려다 말았다
그래, 그냥 봐 주기로 하자

짧은 삶 생의 환희 노래하는 것인데
목마른 사랑에 뜨겁게 우는 것인데
금쪽같은 하루해가 또 지난다고
절박하게 구애하는 것인데

이기은

경북 포항 출생
시집 『자귀나무 향기1-우리 함께 눈 먼 새로 살자』
『자귀나무 향기2- 날갯짓을 해야 삶이 곱다』
『밤밤에 쓰는 편지』『시조로 공부하는 사자성어』
공저 『한국 100인 명시선』외 50여 권 작품 수록

옥상 무도회

하늘을 숭배하는 슬래브 집 옥상
나란히 키 재기 하는 속절없는 인걸들
저들만의 언어로 귀엣말 나누며
머리 풀어헤치고 하늘에 닿으려 펄럭인다
뜨거운 계절 난간 넘어와
자진모리장단에 허리를 비틀면
바람 든 무골호인 현란한 춤사위
저들끼리 신이 난 소갈머리 없는 위인들
한때는 통뼈 자랑하며 힘쓰던 어깨
세제 풀린 수돗물에 목욕재계 하더니
땅에 코가 닿을 듯 허리 굽힌 겸손
성하지절, 한낮에 벌인 옥상 무도회
유일한 손님은 허여멀건 낮달뿐인
저들만의 신나는 잔치

빈 술병이 노래하는 밤

나뒹구는 술병에서 나온 긴 손가락
음악 반주기의 번호를 꾹꾹 누른다
추풍령 고갯길 발로 넘던 시절에서
드라이아이스 자욱한 무대 현란한 조명
낯선 청각들이 부둥켜안은 노래까지
혀 꼬부라진 술병이 허리 비틀며
체중을 덜어내려 광기 어린 춤을 춘다
비틀대는 영혼들
떨칠 수 없는 고독한 삶의 앙금 게우려
허공을 향하여 뱉어내는 소음
취한 술잔도 빈 술병에 기대 누운 채
녹록치 않은 세월의 늪 기나긴 밤 건너며
허우적이는 새벽별 헤아리고 있다

전철역 앞 골목길

구르는 술병에서 흐르는 청춘가
고단한 삶이 속울음 삼키는 방범등 아래
쌓인 조개껍데기 바다가 그리워 운다
무리 지어 떠돌던 소음
괘종소리 더듬어 안식처로 떠나면
깊은 밤을 포옹하는 마지막 전철과
낡은 포장마차가 별을 헤던 골목 안
쪼그리고 잠든 젊은 날의 꿈을 깨운다
조각달 걸터앉은 처마
퍼질러 앉아 울어도 떨칠 수 없는 고단
밤 지샌 수족관에서 기어 나온
짠 내 가득한 파도소리 끊어질듯 이어진다
등대도 없이 길 떠나는 새벽
시나브로 어둠이 자리를 걷는 시간
선잠깬 희망에 햇살이 눈부시다

조숙희

필명: 설화(雪花)
경남 마산 출생
새부산 시인협회 정회원
한국시 시 부문 등단

가을 안에서

가을바람이 소슬히 불어오면
잊혀졌던 그리움이 다시 솟아납니다
눈부신 가을 하늘 높아질수록
가슴 가득 차오르는 그리움들은
먼 길 떠난 아득한 그 사람을
내 그리움의 우물 안에 놓아봅니다
푸르던 나무들 그 잎새마다 새겨본
붉은 그리움은 하늘로 날지 못하고
나에게 돌아와 살포시 앉습니다
구름 다녀간 자리엔 가슴 시린 옛 추억의
조각들까지 푸르디푸른 그리움 되어
가슴 뛰는 설렘으로 울려오니 서글퍼집니다
저문 가을 강가엔 오랜 추억을 반추하는
주홍빛 노을의 속 깊은 슬픔에 물들고
그리움 품은 별들도 뿌옇게 흩날립니다
가을 안에는 세월의 물살이 흐를수록
푸르청청한 슬픔만이 해맑은 단풍빛으로
돌아와 내 그리움의 자리에 앉습니다

노을

하얗게 얼어붙은 산
헐벗은 나뭇가지에는
노을의 가없는 사랑 불타네
메마른 산과 들을
골고루 어루만지며 지나가네
못내 정다운 눈빛으로……
굴곡진 세상사에 지친
수많은 영혼들에게
마지막인 양 애틋한 사랑 주면서
지친 나의 그늘진 마음 안까지
잔잔한 물결같이 안온한 휴식을
넉넉하게 주고 가네

그리고 다시

벽에 걸린
고흐의 해바라기처럼
나도 바라본다
눈먼 나의 그리움은
이 세상 것은 아닐지니
환한 햇살 아래 서기보다는
벅차도록 사모할 대상이 있어
마냥 행복한 해바라기
오늘도 낮이면 어김없이
겨울 투명한 창에
비춰드는 빛 고은 햇살에
다시 넋 잃은 해바라기
오직 해를 바라보며 행복한 해바라기
밤이면
별빛 먼 사무침을
또 하나 벅차도록 아로새기네

이길웅

필명: 청해
청맥문학 등단
시집 『그래도 밤은 또 찾아올 텐데』 『황혼에 높이 나는 새』
    『고독한 사냥꾼』 『희망이라는 이름으로』

그림자만 쫓는다

사연을 남기고
나는 먼 길을
무작정 걸었다

많은 눈물 흘린
그 길이
왜 그리 더 멀게만
느껴지는지
마음의 평안은
언제 돌아 올는지
나도 모르지만
세월의 풍상은
누구에게나
그리움조차
잊게 만든다

오늘도 예배시간에
한없이 눈물 흘리며
지나온 날
뉘우치고 흐느끼며
간구했지만
남은 것은
쓸쓸히 뒤돌아서는
공허만 남은 그 자리

나는 마구
음식을 먹는다

갈비탕 만두
냉면 그리고 후식까지……

그저 느끼는 대로
당분간은 속 뒤볶이며
소화제를 먹는
어리석은 포말감이
괴로움인 줄
이제서야 알았지만

다섯 갑의 담배도
하루에 끊어버린
나의 의지가
까짓 음식 줄이는 게
무에 힘드랴

나에게 남은
잊어버린 그리운 말을
등 뒤로하고
무작정 걷는
내 모습 뒤로
무심한 그림자만
나를 쫓는다

먹이 없어 도시를 떠난다

어제까지 덥더니
오늘은 서늘하고
내일이면
싸늘한 추위가
우리를 찾아온다

매년마다
똑같이 순환되는
계절의 변화가
습관처럼
그러려니
되지 않는 것은
요즈음 들어
부쩍 나이가
각인되기 때문이다

어제가 다르고
오늘이 다르고
푸른 산록은
낙엽되어
떨어지고

울긋불긋 단풍놀이가
흥취롭다지만

아서라 지는 단풍이
무에 그리 아름답더냐

이천십일년의 겨울은
소리 없이 다가서고
서로 부대끼며
살아가는 삶의 피안은
아직 요원한데

사랑하고 살아도
모자란 세월을
어설픈 자존에 묻혀
한숨어린 허송으로
눈을 감고 보낼소냐

하늘은 높고 푸른데
창공을 나는
독수리 한 마리
먹이 없어
도시를 떠난다

구두닦이 잠이 들었다

땟국물이 흐르는
지저분한 것도 아니고
매일하는 목욕인데도
오늘 또 목욕을 한다

깨끗한 것이
좋아서가 아니라
뜨거운 물에 몸을 담그면
어느덧 피로는 가시고
감은 눈
흐르는 땀방울에
오늘의 상념도 잊혀져 간다

걸음도 옮기기 힘든 노인네
주름진 얼굴
쭈그러진 뱃살에도
반점 위
감은 눈 아래로
물구덩이 담근 체
세월의 흔적을 지우고

소리 지르고
냉탕에 수영하는 아이들

잠 못 잔 어제를 볼충하는
어느 젊은이 코 고는 소리

시끄럽다는 고함에도
아랑곳하지 않는
아이들의 청아가 그립다

황토 흙 사우나에서
악을 쓰듯 소리를 지르는
중년의 고약함이 묻어나는
휴일 목욕탕의 오후는
어른 아이 모두 모인
벌거벗은 공연장이다

손님 없는 때밀이
한숨 소리가
수증기 사이로
고개를 내미는
한산한 물장구에도
몇몇의 손님은 짜증을 낸다

그러거나 말거나
목욕탕의 구두닦이는
구석에서 잠이 들었다

윤병권

아호: 문광
고양문협 회원
한국서장문협 회원
한국문협 회원
파라문예, 시향, 공간마당, 타래시 동인
문학공간 시 부문 등단
휴먼메신저 시조 부문 등단
시집 『커피 속 추억으로』 『푸른상생』
동인지 『억새의 시간』 『동행의 노래』 외 다수

아침을 기다린다는 것은

아침이
기다려지는 사람은
희망과 용기와
자신감에
차 있기 때문입니다

아침이
기다려지는 것은
다시 한 번이라는
새로운 시작이
기대감이 있기 때문입니다

아침을
기다리는 것은
새롭게 도전하고
희망찬 미래가
기다려지기 때문입니다

웃으면 복이 온다

요즘 현대인은
하루에 거울을 몇 번이나 볼까
내가 얼굴을 찡그리면
거울도
같이 찡그린 속내를 보여준다

거울은 내가 웃기 전에는
절대로 따라 웃지 않는다
내가 웃으면 거울도 웃고
웃음을 가슴에 담으면
마음과 몸이 편안해집니다

마음의 거울에 웃음을 걸어놓으면
일상의 작은 일에도
큰 행복을
영원히 누릴 수 있을 것입니다

누군가와 함께라면

누군가
의지할 수 있는
사람이 있다는 것은
행복입니다

서로
마음을 털어놓고 대화하고
관심을 두고
사랑으로 보살펴 주는
사람이 있다는 것은
행복입니다

인생에서
사람을 파괴하는 것은
자존심이다
나 자신을 낮추고
상대방을 배려하는 마음으로
다가선다면
모두가 행복해질 것입니다

이윤희

경북 경주 출생
시인의파라다이스 특별회원
한맥시인협회 회원
한맥문학 시 부문 등단
시집 『그대 다시 인연으로 온다 해도』

시(詩)의 휴식

일에 묻혀 잠시 멈춰버린
시(詩)의 휴식은 깊다

가슴에 뭉쳤다 다시
뇌리로 스치는 사연은 애절한데

누에처럼 돌돌 말아
침대 위에 뉘인 언어들

지금 나는 그것들과 무관한 듯
토해내는 고치의 실타래를 감웅하며

서서히 산 정수리를 감싸고 내려오는
어둠만 편다

길 고양이

강렬한 심장도 어설픈 맛으로
서서히 무너뜨리는 저 울음소리
허기에 하소연 하는 길 고양이의 울음
힘겨운 날에 사람들이 토해내는 하품 같지 않느냐

이집 저집에서 통조림이나 생선 따위를 얻어먹고도
배고픈 울음이 아닌 진정 저 울음소리는
누군가와 교신하고 싶은 고독에 자지러지는
저 울음소리, 가슴을 휘젓는다

봄을 배설하는 겨울 끝은 아직 차고
창가에 뽀얀 성에가 블라인드 사이로
손끝이 시리게 하는 어둠 속으로
길 고양이의 울음에 고독이 살짝 밀려든다

튀김 닭

알만 낳다 헐떡거리며
짐짝처럼 아무렇게나 트럭에 실려
닭 도살장으로 가는 늙은 폐닭들
홰를 치며 목청 빼고 울어도
다시 볼 수 없는 새벽

털이 뽑히고 튀김옷을 입고
펄펄 끓는 기름 속으로 들어가
먼지 한 오라기도 남김없이 녹힌 다음
태초부터 저것들은 사람들을 위해
먹거리로 창조되었을 거란 선입견으로

희망은 기름 속에서 부글거릴 뿐
단 한 번 그것이 가엾고 불쌍하다고는 말 못하리
자유롭고 싶은 행위를 가로막는 기분 따위는
잘려나가 저 부글거리는 기름 속에서
잘 익은 몸통을 바라보는 눈망울 하나!

박현

한국미소문학 신인문학상(2011)
솟대문학 추천완료(2012)
수레바퀴 문학상(2012)
복지21신문 시와 그림 주 1회 연재(2009~2014)
솟대문학, 파라문예, 지필문학, 대한문예신문 작품 수록
동인지 『내 가슴이 너를 부를 때』『시인의 향기』
『꽃잎은 져도 향기는 남는다』

그대는 그리움

그대는 모른 듯 피어난
다정한 미소이다

사라진 세상 이야기들
어둠의 장막 위로 빛나는 별에
영원으로 가는 시(詩)라 노래하네

여명에 건너온 햇빛을 모아
아련한 미련을 펼친 저문 노을에
아픔도 사랑이라 그려보네

맑은 창 저편에 날아올라
작으나 바람에 자유를 수놓으며
새처럼 가고 싶은 섬이라 하네

계절이 추억을 남기며 떠나도
보고 싶은 반딧불 한 아름 되어
포근한 솜구름 그리움이라 하네

오늘도 그리고 내일도
세월의 빈자리에 언제나
피어나는 이름 모를 꽃이라 하네

무명초

시름에 겨워
흘러가는 구름 따라
마음
아득히 멀어지면

버들잎 이슬 하나
하늘 빛 머금어
아련한 그리움 되어

그 옛날
꽃길을 걸어가던
이야기 속으로
되돌아 눈물 되니

잊어버린 머나먼 길
바람결
꽃씨 되어

아닌 듯
수줍게 핀
무명초 너 가 될까

어떠리

어떠리
그대 슬프나 잔잔히도 맑은 호수
안개 피워 올려 이슬 빛 드리면 어떠리

어떠리
그대 울적한 날이 있어 옛 노래 부를 때
시 구절 정겨운 가사로 흐르면 어떠리

어떠리
세월에 가을 색 고운 단풍 숲이라면
그대 아픔, 기쁨들 아로새긴 추억 길
하나, 둘 쌓이는 의자면 어떠리

어떠리
지친 일상 술을 찾아 앞에 두면
유리 술잔에 하얗게 부서지며
눈물처럼 그리운 별빛이면 어떠리

어떠리
긴 밤 잠든 그대 베개 밑
누군가에게 적어줄 빈 엽서면 어떠리

김영종

아호: 심청정
종교법인 실상사 대표
한울언론문학 등단 정회원
문학광장 운영이사장
전)부산불교연합회 이사
전)법무부 청송교도소 교화의원
전)부산 동부경찰서 경승실장
한울문학 서정문학 대상 수상
한울언론문학 1호 금상 수상

봄을 포장합니다

사랑하는 울 임들을 위해
오늘은 아지랑이와 봄을 담아
선물상자에 넣고 리본을 달아 봅니다

수줍은 장미 한 송이로 주소를 대신하며
살짝이 임들의 사랑을 훔쳐 봅니다

가랑비가 봄을 재촉하지만
아직은 멀기만 한 봄을 풀어볼래요?

앵두가 익어가면

앵두가 익어가는 초여름 밭둑 길엔
보리도 산딸기도 함께 익어간다
밤이면 개구리는 합창을 쉬지 않고
여름밤 훈훈한 바람도 싫지는 않다

모기란 놈이 피를 원할 때
아무런 이유 없이 당하기도 하지만
앵두가 빨갛게 익어가는 날에는
멀리 시집간 누님 생각도 난다

저무는 석양을 바라보며

저녁노을이 내리면
어둠 속으로 사라져 가는
밤바다 갈매기도 집을 찾는다

임자 없는 뱃전에
잔잔한 파도가 지나면
수많은 기억 속 잔재들이 함께 밀려간다

아무도 오지 않는
해 저무는 바닷가에
쓸쓸한 밤이 조용히 찾아온다

불어오는 밤바람에
떠나간 그리움도
허전한 마음속으로 찾아오고

김창환

아호: 가람
창작문학예술인협의회 회원
시인파라다이스 회원
대한문학세계 시 부문 신인문학상 수상

왜 그럴까

맑은 유리창이 성에가 피어 흐리다
밖이 보이지 않는 거
보고 싶은 당신이 희미해진 까닭인가

한달음에 달려와 창가에 머물다
들키지 않으려 급히 돌린
간절한 당신의 흔적은 아닐까

당신을 부르고 당신을 생각하다
돌아오는 공허한 메아리에
애타 희미해지는 가슴을 뜯는다

편해지는 너와 내가 되고 싶은데
틈이 아닌 틈이 크게 보이는 거
너무 많이 사랑하는 그리움 때문인가

잡히지 않는 그대 형상
불안해지는 마음 커지는 거
같이하고 싶어도 그러지 못한 현실 때문인가

향수에 젖은 설

민족 대명절 설
삼삼오오
함께하려는 맘
설렘으로 바쁘네

부모 친지 친구생각
부픈 마음
대이동이 시작됐네

고향 찾는 사람
고향 떠난 사람
고향 향기 찾아가고
고향 향기 싣고 오고
많아진 역 귀성에
풍경도 바뀌었네

다 담아올 수 없는
고향 향수
그리워라 내 고향

'까치까치 설날은 어저께고요
우리우리 설날은 오늘이래요'
동요를 읊조리며
향수에 젖네

오늘이 따뜻한 이유

따스합니다
성큼 달려온 봄인 줄 알았습니다
시리다 호주머니에 넣었던 손을 빼냈습니다

손을 뻗어
맑은 하늘에
당신을 그렸습니다

하얀 미소의 당신
그 여느 날을 펼쳐주었습니다
당신과 마주하던 희열에 찬 그날입니다

속삭임도 있습니다
환청인줄 알았습니다
당신의 향기가 귓전을 훈훈하게 합니다

감도는 따뜻한 열기
나를 타오르게 만드는
당신이 거기 그 자리에 머물기 때문입니다

안경애

필명: 사라
소로문학 등단(2010)
연꽃앞에서 외 2

봄날의 연가

꽃 치마 두른 봄 가지
바람 든 듯 살랑이면

풀잎 사이로
민들레, 제비꽃
예쁜 봄 편지로 흐드러져 피고

담장마다
새들의 노랫소리 하늘을 물들면

햇살 사이로
개나리, 진달래
알록달록 꽃 편지로 흐드러져 피고

화창한 봄날
야들하게 춤추는
나비 날개 꼭 잡고

봄볕에
내 마음도 따라 춤춘다

그 어느 봄날처럼

연노랑 햇살에
사뿐사뿐 한 발걸음으로

재잘 바람에
살랑한 고갯짓 춤추며

샛노랑 주둥이 수줍던
생강나무 가지 보니

사랑이 시작된
그 어느 봄날처럼

꽁꽁 언 추억 위로
장미꽃 기억을 매만지다 보면

고운 꽃을 피웠던
그대를 불러
마음에도 화사한 꽃이 피네

첫눈 같은 그리움

사월
벚나무 숲길
길게 늘어진 가지마다 만발한 꽃송이

훈풍에
한겨울 눈 내리듯 흩날리는
연분홍 꽃가루 아름답구나

그날
그대를 처음 만났던 길 따라
배롱배롱* 되짚던 시간

연분홍 꽃 비에 묻어
수줍은 눈웃음 떨어질 제
앞선
달작한 마음 어찌 잊으라 하느냐

배롱배롱: 빛이 반짝이거나 색깔이 알록달록한

이재복

아호: 어신(語信)
한국문인협회(양주시 지부) 회원
전) 시와 수상문학 편집 이사
시와 수상문학 신인상 수상 등단

그리움의 마중물

기다림만으로도 아름답다 웃는 사람아
해 저물어 꽃잎마저 잠들면
온전히 내 맘에 깃들 수 있겠는가

문 밖의 바람 한 올 두 올
그대 숨소리로 엮어
고요히 드리워진 하얀 커튼으로 지켜볼 텐가

나는 꿈에서도
푸르디푸르게 심장을 채색하노니
언뜻 하루가 다 하는 붉은 놀빛을
지울 수밖에 없는 그리움이라 여기지 마오

그대로 인해
푸름에서 추출하는 그리움의 경련이기에
행복이라는 내 맘의 마중
그 속살은 언제나 따라 웃을 수 있는 사랑
내일이면 다시 찾는 놀빛이라오

창밖에 비가 내리면

기다림이 버거워
하늘마저 기울면
내게 빗물로 스며드는 그대
자박자박 가슴을 두드리고

창밖에 비가 내리면
한없이 걷고 싶다던 그댄
꽃보다 화사한 마알간 미소
내 맘에 살며시 피어

불현듯
따스한 손길이 그리운 날
우산 속에 숨기고픈
나만의 그댈
한 번 더 안으라는 간지럼 한다

길 위의 바람

네게 빛이고자 했던
살아온 날들의 흔적
아린 것은 생을 일깨우는 이슬로
벅찬 것은 세상의 소리로 남아
나는 길 위의 바람
널 찾는다

흔적이란
네게 아름답고자 했던
한없이 가벼운 지움의 바람같이
때로 부드럽고 거칠어도
아침에 오는 햇살과 함께 다시 깨어나
자유로운 호흡으로
널 찾는 기대이려니

나는 길 위의 바람
네 안에 스며도 좋을
빛 고운 세상의 기억이고 싶다

김명석

아호: 청산(淸産)
동아인제대학졸업
사진작가, 아세아 미생물연구소 소장
한울문학 시 부문 등단(2005)
시집 『일곱 색의 만남』 『바람소리』 『너는 누구인가』
동인지 『징검다리』 『나눔』 『파라문예 3호』 등

안녕이라 말하지 않으리

봄이 오고 겨울 가도
안녕이라
말하지 않으리

하늘 가리는
어둠에도
널 잃어버리지 않으리

바람 따라
쓸려가는 낙엽 된대도
널 지우지 않으리

사랑은

사랑은
미워하지 않으며

사랑은
허물을 덮어주고

사랑은
참아내고 견뎌내며
긴 시간 인내하고

또 사랑은
그의 영혼과
함께 가는 것일까

그런 사랑이 있습니다

보고 싶지만
만날 수 없는

고백하고 싶었지만
입술에서만 맴도는

그날에 멈춰선 시간은
가슴 뛰는데

모래 위 남겨진
발자국 되어

가물거리는
그 이름 불러봅니다

강경애

가정 보육교사
파라문예 동인
미소문학 신인상 수상 등단

많이도 닮았습니다

당신은
바다를 많이도 닮았습니다
퍼내도 퍼내도 줄어들지 않는
당신의 넓은 마음

가슴속에
깊은 사랑을 두고 사는 당신
값진 보물을 숨기고 있는
깊은 바다를 많이도 닮았습니다

봄날에 떠나간 배가
무사히 돌아오기를
오늘도 기다리는 당신은
바다를 참 많이도 닮았습니다

당신은
저 푸른 바다와
참 많이도 닮았습니다

황태의 넋두리

이 세상에 태어나
쉽게 가는 인생 없다지만
물고기 흔적 하나 남겨볼라요

너른 바다에서 노닐다가
재수 없이 그물에 걸리면
육지에서 또 다른 세상을 보고
맘씨 좋은 새댁 손에 이끌려
고단한 저녁 밥상에
생태찌개로 가는 것이 소원이건만

세상에나!
웬 아지매가 다가와
두 눈을 부름뜨고 있는데
사정없이 배를 갈라 오장을 떼어서
고무통에 처넣어 염장을 질러쌌네
니미!

주둥이 함부로 놀린 적 없건만
꼼짝없이 입에 구멍을 뚫려
줄에 대롱대롱 매달린 신세라니
그려!
죽기 전에
내 고향 바다나 실컷 바라보세

맘씨 좋은 우리 아지매
바닷가 바람이 몹시 부는 날
냅다 나를 낚아채서는
빨래방망이로 인정사정없이
두들겨 패는구나

아이고 엄니 나 죽네
이 험한 세상에
어찌 날 낳으셨소

비련

너는
5월의 붉은 장미
나는
너를 싸고도는 안개꽃

너는
화창한 봄날의 주인공
나는
쓸쓸한 가을의 주인공

빛나는 너의 사랑
환희의 구름을 타고
꺼져가는 촛불 같은 사랑
밤하늘의 별은 쏟아진다……

안계원

필명: 물망초
파라문예 동인
한울문학 등단
http://blog.daum.net/akcan117 물망초의 쉼터 (엉뚱 개그)
Naver/akcan1117 물망초의 쉼터 (똥딴지 헛소리)

추억아

춤사위 가냘픈
억새 숲

삭풍 불어
외롭게 흔들리면

동그랗게
품어 안은 행복

인두겁의
탈을 썼나

높은 꿈속에
녹아나는 향기인가

흐트러진 추억을
내 품 깊숙이

따뜻한 화로에 담아
달구고 싶어라

욕망이여

위로받고 싶은
희망 그대로

꺾어진 나이는
옛날 같지 않아

욕망의 속살도
그리운 시간도
울렁임 춤일세

멋있다
보고 싶다
속마음 그대로인데

힘줄의 굳은 의지
생명 밭 그리워

내일
모레
내 꿈 친구 되어

어깨동무하겠지

그리워

바란 점 그리워
지루한 시간을 녹이는 향기

그윽한 흔들림에
내 마음 울리는 외로움이
당신의 부름인가

불에 달군 향기
깊게 잦은 소망의 가슴앓이

그리움, 놀람도
따스한 향기 옆에 있네

그 늪에 정겨운
당신의 향기 보고 싶다

김원호

고려대학교 경제과 졸업
한국문인협회 회원
한국시인협회 회원
국제펜클럽 한국본부 회원
문학의집 회원
서초문인회 회원
영랑문학상 본상 수상
서초문학상 수상
시집 『숲길따라』 『숲에서 들리는 소리』 『안경을 찾습니다』
    『내 모두는 기쁨이어라』외 공서 나수
산문 『매혹의나라, 신비의 사람들』 『촌놈』 『하이 고스톱』

태백산의 눈꽃송이

열흘 붉은 꽃이 없듯
삼일이면 녹아내릴 눈꽃송이

태백의 골짜기마다
흐드러지게 피었네

탕 탕 탕 따꿍따꿍 총소리
전쟁의 쓰라린 상처

남과 북의 지은 죄 없이 스러져 간
젊은 혼백들
흰 눈 위에서 넋을 잃고

무당의 넋두리
계곡마다 메아리 친다

100

뜨거운 감자

푹 삶은 감자 하나
손에 들고 호호 불며 안절부절이다

입에 넣으면 입천장이 해어질 것이고
그냥 있자니 견딜 수 없이 손바닥이 뜨거워

예쁜 장미꽃 한 송이

아까워 남에게 줄 수 없고
갖고 있기에는 향이 너무 짙어

온기가 가시지 아니한 감자
오늘도
가슴속에서 계속되는 냉탕과 온탕

노혜정

경남 산청 출생, 경남 함양 거주
한국 문인협회 회원
월간 한맥문학 시 부문 등단(2010)
월간 한울문학 서정문학 대상(2012)
한국 100인 명시선 및 각종 문예지 60권
공저 『한울문학』 10월호, 『늘푸른문학』 8집 외 다수

그대와 함께 있으면

그대와 마주 앉아 있으면
내 눈엔 오직 그대뿐
다른 이는 보이지 않아요

어떤 것에 흥미나 관심을 두지 않으니
아무리 좋은 음식도
아름다운 풍경도 제겐 필요치 않아요

나는 지금 이 순간
세상 누구보다 행복하고
소중한 시간을 보내니까요

흐르는 시간만큼
자꾸만 줄어드는 커피잔을 바라보며
그대와 헤어져야 함에 아쉬움 달랠 길 없는데

그대와 함께 있으면
왜 이리도 빠르게 시간이 흐르는 걸까요?
못다 한 가슴속 이야기 아직도 많은데

친구 같은 연인

사랑한단 말로
얼렁뚱땅 넘기는
가식적인 사람은 싫어

진솔한 마음으로
아끼고 존중해 주는
그런 사람이면 좋겠어

친구 같은 편안함으로
부담 없이 기댈 수 있는
믿음직한 사람이 좋아

부르면 망설임 없이
한달음에 달려와
반겨줄 수 있는 사람

같이 있어도 어색함이 없고
마음 편안하게 느껴지는
친구 같은 연인이면 좋겠어

임 향한 그리움

아침 해가 떠오르면
편안한 밤 되셨는지
안부를 묻고 싶은
고운 임이 있습니다

오늘도
향기 가득한 하루이길
두 손 모아 기도드리고 싶은
사랑하는 임이 있습니다

태양이 사라지고
어둠이 드리운 저녁
마음의 설렘을 주는
보고픈 임이 있습니다

안개 빛 하얀 그리움
생각만 해도
눈가에 이슬 맺힌
그리운 임이 있습니다

보고 싶어지면
그리운 마음 곱게 접어
두 눈을 감고 수를 놓으면
안갯속 그리운 임 환하게 웃네요

김영배

아호: 대경(旲炅)

서양화가

한국 미술협회, 향마수채화, 오미술협회

서양화 전업작가회 회원

한국문인협회 회원 연수문학 이사

초록안개 詩想 문인 회원

꽃 詩 뿌리는 마을 회원

詩가 흐르는 서울 회원

백제문학 문협 회원

경기문학포럼 회원 사무차장

내 마누라 죽희(竹姬)

오랜 세월을 같이 해온 내 마누라 죽희(竹姬)
살결이 닿을 때마다 감촉이 강직하고 차가워
삼베 홑이불 씌워 품으면 가슴이 시원하여
한 다리 척 걸치고 편하게 잠이 들곤 하였지
고운 자태로 시집와 중년의 멋진 색을 지녔건만
아파하는 당신을 보니 마음이 무겁기만 하다오

술 한잔 걸치고 취하여 거칠게 끌어안으면
질투 아닌 바가지에 바늘같이 날카로운 속살로
애교섞인 투정으로 살짝살짝 찌르기도 하였지
갈수록 심해지니 이제 당신도 늙었구려

자네는 기억하시는가 더운 여름날 저녁
여인의 절개를 지키며 술 취한 나를 유혹하던 밤
키가 크다는 이유만으로 차 지붕 위에 매달려
그윽한 눈빛 고운 자태를 뽐내며 나를 유혹하였지
말 한마디 못한 콩깍지가 씌어 자네를 안고
옷도 벗지 못한 채 거침없이 뒹굴었지
아침에 눈을 뜨니 말없이 내 곁에 누워있었다오

이제는 늙었구려 여기저기 터지고 째지고
날카로운 가시에 찔릴까 봐 반창고 붙여가며
그런 내 마누라 죽희(竹姬)를 애처로이 바라보며
변함없는 마음으로 끌어안고 사랑하고 있다오

봄비 속의 그리움

촉촉한 봄비에 젖어가는 내 마음
허무함이 머뭇거림도 없이 다가온다

언제인지도 모를 타다만 불씨처럼
잃어버린 마음 허전하고 한숨만 나온다

임 생각에 가슴 저리고 눈물지며
그리울 때 소리 질러 보지만 대답이 없다

되돌릴 수 없는 안쓰럽고 안타까움이
창공에 별로 남아 날 아프게 한다

봄비가 그리는 가슴속 그 이름
허공 속 그리움 되어 흩어져 버린다

희미한 가로등 벗 삼아

밀려오는 허전함을 어둠에 마음 실은 늦은 밤
수놓았던 불빛들이 하나둘 꺼져갈 때쯤이면
잿빛 거리 한쪽에 숨어 밀려오는 진한 그리움
거리의 찬바람에 그만 두 눈을 질끈 감는다

채워지지 않는 외로움이 집착 속에 느껴질 때
남겨진 그 이름 잊을 수 없음이 운명이라고
두려운 마음속 한 부분이 무너지는 걸 느끼며
손가락으로 그려본 모습 가슴이 아파져 온다

늙음의 한숨도 걷어낼 수 없는 시간의 흐름에
세월따라 가고 있는 외로운 삶의 감춰진 육신
동트는 아침을 기다리는 희미한 가로등 벗 삼아
소리 없이 살짝 시간의 문턱을 넘어가고 있다

구본흥

부평성산성결교회 담임목사
서울신대 대학원, 아신대 대학원 졸업
미국 리버티 신학대학원 목회학 박사
사회 복지사, 치유 복지사 자격
크리스천 신문사 신앙시 가작 당선
한국 크리스천 시인협회 정회원

아침에 뜨는 별

어두움 깨치고
상쾌한 아침 미소로
곱게 장식한 너의 모습

너는 세상의 빛 되어 살아가고
너는 세상의 별 되어 살아가렴

아침 되어도
밤으로 가득 찬 이 세상에
하늘로 예쁜 미소 전해주며
마음속 고운 사랑을 심게 하렴

별 되는 마음 되고
별 되는 사랑 되고
별 되는 사람 되어

세상 밝은 천국에서
삶이 풍성 하고
사랑 풍년 되어
하늘 닮은 꼴의
세상을 수놓으렴

아침에 뜨는 별
아침에 뜨는 마음
아침에 뜨는 우리 사랑

내일이 오는 밤에

뜨겁게 사랑하고
한없이 용서하는
차고 넘치는 삶 속에서
또 다른 오늘을 잉태하기 위한
고요한 시간과의 만남이다

지나온 시간 속에는
아쉬움과 그리움이 자리 잡고
오늘을 말없이 이야기한다

아직도 이 밤은
숨죽이며, 흐르고
끝없이 오늘이 계속 되는데—

오늘이 가는 시간에는
이 밤을 위해 한없이 기도해야지

먼 옛날
추억의 사진첩 보듯이
오늘을 마주하고
그 곁에다 이 밤을 걸어 놔야지

상큼한 미소로
새벽이 찾아오면

하나의 나이테가 자라난
다시 만나는 오늘을 위해
조용히 나아가 두 손을 모아야지

그리고
또 다시 이어져 가는 내일을
나는 고즈넉이 기다려야지

나는, 나는 아무것도 아닙니다

나는
나는, 아무것도 아닙니다

저 멀리 밀려드는
파도의 속삭임 같이
살며시 사라져 버리는 나는
아무런 존재도 아닙니다

나는
나는, 아무것도 될 수 없습니다

하늘가에 뭉게구름이
고운 바람에 밀려가듯이
무형체의 가녀린 나의 모습은
아무런 형체도 아닙니다

나는
나는, 아무것도 할 수 없습니다

자그마한 곤충들이
온종일 세상을 정복하지만
세상보다 크나큰 나의 몸으론
아무런 시작도 아닙니다

나는
나는, 아무것도 가질 수 없습니다

두 손 높이 들고
세상을 가득 품지만
하나님 형상을 닮지 못한 나는
아무런 열매도 아닙니다

전제진

한국문인협회 회원
파라문예 동인

묵은지 빛을 보다

구름도 쉬어가는 되알진 고랭지 밭
이슬로 목을 축여 살아온 푸른 날들
나날이 묻어 둔 설음
새김질로 이겨내고

짠물로 몸을 씻어 절여낸 가슴속에
세상의 맵고 쓴맛 버무려 간직한 후
토굴집 어둔 방에서
볕들 날을 기다리다

열매를 맺기 위해 꽃잎이 이울듯이
살결을 도려내어 담금질한 시간만큼
곰삭은 묵은지로 자라
봄나들이 한창이다

수묵화와 시 한 수

농무가 적막감을 끌고 가는 산마루에
세월의 무게를 지고 있는 저 소나무
암벽과 어우러져
푸른빛 하늘을 당겨서 수묵화를 그린다

우듬지를 곧추세워 미진을 멀리하고
여린 잎을 추스르는 가부좌의 삶을 기려
곡진서정 어우러진 시 한 수를 지어낸다

향기 짙은 꽃이라도 이울어지는 날에는
나비도 벌도 외돌아가는 틈 속에서
저 홀로 별빛을 헤아리며 솔방울을 맺는가

책 속에 묻힌 구슬

퇴화한 껍질에서 참 빛을 찾으려고
목석에 갇혀있는 어둠을 끌어내어
글말로 간을 친 다음
햇볕을 쪼여준다

설익은 쭉정이를 새김질로 걸러내면
아릿한 옹이들이 빗발치듯 쏟아지고
글귀 속 둥근 구슬은
비단 빛을 토해낸다

색맹에 등 떠밀려 돌에 채인 속울음도
낱말의 결을 찾아 허방다리 벗어나면
그립던 도원*을 향하여
솔바람이 길을 열고

도원: 중국 도연명의 桃花源記(도화원기)에 나오는 별천지, 사람들이 행복하고
화목하게 살 수 있는 이상향으로 무릉도원의 준말

최태순

강릉출생, 장성중학교 교사
강원대, 성결대, 안산대, 세경대 외래교수,
용인대 겸임교수 역임
세계문인협회 정회원
문학세계 문인회 정회원
고양시문인협회 회원
안양문인협회 회원
파라문학회 회원
글길문학 회원
월간문학세계 시 부문 등단
문학세계 신인문학상 수상
한국을 빛낸 문인 선정 작가(2011, 2012, 2013)
교육과학기술부장관 및 국무총리 표창

나의 그림자

어두운 그늘 아래에 놓여 있는
빛 그림자는 보이지 않지만
밝고 밝은 햇살 아래에 놓여 있는
빛 그림자는 보이기 시작한다
빛은 나의 그림자를 생산한다

나의 그림자가 그려지도록
그릴 수 있다면
빛 가운데로 나아가자
반짝거리는 빛 속에는
많은 생명이 잉태되고 보호 받으리라

그림자는 나의 동반자
폭풍의 언덕 위로 가로질러서
빛의 푯대를 향하여
빛과 더불어 살아가며 경주하리라

지금
희망의 그림자가
해맑은 미소를 머금고 기다리고 있으리라

너 용기를 다해
빛 한가운데로 달려가거라

나를 사랑하면

나를 사랑하라는 얘기보다는
실체도 모르고 형질도 모르는
자에게 사랑을 하라고 고집하며 다그친다

사랑은 이웃을 보면서
사랑이 자라는 것이 아니라
내 안에서 작은 사랑의 씨앗이 싹틀 때
그 싹은 내 마음을 품고서
하늘가에 울림이 되어
내 안으로 되돌아와
내 마음과 내 눈과 내 얼굴을 비추는 모습에서
잊었던 사랑의 움파가 싹튼다

그 마음 안에 솟아난 작은 싹을 자르지 말라
그 싹은 나를 사랑하는 씨앗인 것을
자기 자신을 욕되게 하지 말라
그 싹은 자신을 낳게 하는 기적인 것을
자기 허물을 학대하고 못살게 굴지 말라
그 허물은 나의 아름다움 삶의 조건인 것을

날마다 1분 1초라도 나를 사랑하라
이 세상에서 가장 소중한 자인 나를 아낄 때
그 마음에서 진정한 아름다움을 갖게 된다는 것을
잊지 말고 찾으며 부르짖어라

나의 안에는 사랑하는 자가 있기에
그 기적을 맛보면서 감사하며 행복하여라

가장 소중한 사람

내 삶 속에서 자리 잡은
소중한 사람을 묻고 찾는다면
금방 또 오르지 않아 연민의 정이
밀려 온다

그동안 함께한
친구나 자식들보다
내 곁에서 마주보며 웃는 얼굴에
따뜻하고 부드러운 손길로 아픔과 상처를
함께 나눈 아내라

아내의 말 한마디는
천사가 가져다 준 말보다 값진 것
아내의 따뜻한 촉감은
내 몸의 체온을 지피는 저장소
아내의 아름다운 눈길은
세상의 살얼음 속에 녹아내리는 용광로

사람들아
내 몸에서 낳은
아내를 사랑하고 사랑하여라

아내를 얻은 자는
복을 얻고 하나님께 은총을 받은 자이어라

채련

파라문예 발행인
한국문인협회 회원
김포문인협회 회원
한국기독교작가협회 회원
한맥작가회 동인
한맥문학 등단(2002)
시집 『사랑은 외로움을 수반한다』 『소유하지 않는 사랑』
　　 『저들도 그리우면 운다』 『나에게서 당신을 빼고 나면』
　　 『내 생의 끝은 당신』 『당신의 숲』
에세이집 『세 가지 빛깔의 女子』
공저 『파라문예』 1~8호 『한맥 시회집』
　　 『시와 창작 작가회 동인집』 등 다수

먼 훗날

먼 훗날, 알게 되리라
낙엽지는 세월 역류한 반전으로
사계절 베고니아 꽃 피우는
내 홍조빛 사랑을

갈잎처럼 흔들리는 너를
코스모스의 몸부림으로 부여안고
부엉이 울음으로 갈구하던
처절한 진실을

봄풀 향기나는 사랑 무던히 애쓰다
으스러지는 몸과 마음
서녘의 강물에 노을로 깃든
가녀린 넋을

먼 훗날, 알게 되리라
단 한 번의 사랑에 목숨 맡긴
가시나무새의 전설 같은
내 하나의 사랑을

이별의 강을 건너서

아침에 눈을 뜨면
당신 없는 또 하루를 살아야 한다는 중압감에
천근의 멍에에 눌려 일어서질 못합니다

티끌의 미련도 남기지 않고 다 털어버렸는데
부나방처럼 맴도는 아련한 얼굴
올려다 보아도, 내려다 보아도 잡히지 않는
이 허상은 무엇인가요

잊으려 애를 쓰면 쓸수록 솟구치는 행여 하는 기대감
머리끝에서 파생하는 조각난 언어들
자활하는 신체부자유자의 절름발이 모양으로
쓰러지는 이것은 무엇인가요

미운정까지 남김없이 가져간 줄 알았는데
굽이치는 원망과 좌절
고운정만 걸러 추억에 묻은 줄 알았는데
남아있는 빈자리는 무엇인가요

저녁에 눈을 감으면
당신 없는 또 하루를 살아냈다는 미안함으로
돌아갈 수 없는 강을 건너는 꿈을 꿉니다

커피 한 잔의 대화

차 한 잔 들고 앉으면
늘 그렇듯
그리움이 피어 오르곤 해

추억을 믹스하여
너를 음미하듯 천천히 마시면
씁쓸하지만 달콤해

기억들을 모아 퍼즐을 맞추면
모락모락 번지는
미소 띤 너의 얼굴

한 잔의 커피를 두고 알았지
마음 속에 살아 있는 너
칼칼하지만 따뜻해

파라문예시편

최두영

경기도 광주 출생
시인의 파라다이스 회원
시사랑 회원
광주문인협회 회원
글사랑 음악사랑 사진사랑 회원
시조를 사랑하는 사람들 회원
시와 글벗 회원
글을 사랑하는 사람들이 모여서 카페지기

돌이키고 싶어도 돌이킬 수 없는

지난날의 시간을
이제 와서
후회한들
무슨 소용이요

실망한들 무슨
소용 있으리이까

돌이키고 돌이켜봐도
다시 돌아갈 수 없는
인생

후회한들 무슨 소용
있으리이까

지난날의 아픔을
그 누가 감싸줄 수
있으리이까

이 몸이 죽고
나 다시 태어난다면

그땐 고통 없는
저 세상에서 살고 싶은
마음뿐……

다시 만날 그 날을 위해

처음에는 낯설고 어색하기만 하였지요
하지만 나에게 다가와 말을 건네주었던
분들도 여러분들이었습니다

하루, 이틀 시간은 흐르고 흘러 여러분들과
가까워지고 서로 이야기를 주고받으며 점점
가까워져 가고 있음을 느꼈지요

그렇게 잘해 주면서 정이 쌓이고 서로를
조금씩 알고 좋아하게 되었지요

그리고 우리는 한 공간 안에서 생활하고
활동하고 있는 가족임을 깨달았지요……

만남이 있으면 헤어짐이 있는 것

우리가 헤어졌다 하더라도 지난날의 함께
있었던 시간들을 잊지 말았으면 해요

그리고 기억해 줘요
지난날의 즐거웠던 추억들을
다시 만날 그 날을 위해

마지막으로 쓴 편지

짧은 시간이었지요
내가 그들을 알고

그들이 나를 알게 된
시간이

그들에게서 많은 것을
알게 되었고

또 다른 것을 배우며
결국은 떠나게 되네요

그동안 정말 고마웠고
미안했습니다

언젠가 다시 만날 그 날이
오겠지요

인연이 된다면

강대석

화전벌말교회 목사
한국방송통신대학 행정학과
서울장신대 신학과, 장로회 신학대학 신대원
세계 사이버대학 사회복지학과 졸업

잠 못 이루는 밤에

천장보고 누운 몸이 나도 몰래 벽을 보고
벽을 보고 세운 몸을 창을 보고 돌아눕고
엎어졌다 뒤집어졌다 속도가 빨라진다
장거리 운전 후라 이내 잠이 들 것인데
정신이 말똥말똥 시작이 심상찮다

이불을 걷어차며 심통을 부리다가
끌어다 말아 안고 다리를 올려본다
오른 무릎 굽혀 펴고 왼 무릎 굽혀 펴고
양손을 머리 위로 벌서듯이 올려보고
내려서 가슴에 모아 조용히 기도한다

드렁드렁 코를 고는 강 집사님 조금 밉고
찢어지게 기침하는 조 집사님 많이 밉다
새앙쥐 풀 바구니 드나들듯
화장실 가는 사람은 누구인가?
그 등쌀에도 쌔근 잠든 장 집사님 부럽다

돈 안 들고 세금 없는 상상이나 하자 싶어
행복한 상상으로 수양관을 지어본다
수양관 부지 찾아 전국을 일주하고
소백산에 터를 잡고 온갖 설계 다 하였다
연못이 빠졌으니 설계변경 다시 하고
꽃밭, 정원 꾸미니 지상의 낙원일세

이번엔 묘지 찾아 파주, 광탄 헤매다가
적당한 곳 찾지 못해 포기하고 말았다
성경 찾아 논문 쓰고, 추억 찾아 미소 짓고
이 집사님 앉혀 놓고 설교하다
해롱해롱 쉰 밤을 더한들 이 밤보다 길으랴

사랑하는 이들과 여행하는 기쁨엔가
저녁때 한 잔 마신 블랙커피 탓이런가
불면증 호소하는 김 권사님 비꼰 벌을
이 밤 나는 이렇게 받나 보다
새벽 4시 20분에 6시라 깨워대고
꿈속에서 강도 쫓는 장 집사님 잠꼬대에
선잠 깬 강 집사님 나에게 다가와서
목사님 바로 누우라며 옆구리 꼭꼭 찌른다

그런 소릴 하질 마소 어제 아침 잠깬 뒤에
이 아침이 밝도록 잠 한숨을 못 잤소
일어나란 소리가 얼마나 반가운지
실컷 잔 시늉하며 허풍떨고 일어났네

-남선교회 단풍놀이를 간 밤 풍기에서

김장을 담그며

단단한 무는 채칼에 부서지고
빳빳한 배춧잎은 소금에 숨이 진다
양념, 젓갈 어우러져 한 포기 김치 되어
겨우내 사람들의 생명을 지켜간다

부서지지 않고서야 양념이 될 수 없고
죽지 않고서야 김치가 될 수 없다

색깔이 섞인다
빨간 고춧가루, 하얀 소금, 파란 채소

맛이 섞인다
짠맛, 매운맛, 맹물, 사랑이 담긴 손맛까지

어느 한쪽이 조금만 더해도
짜서 못 먹는다
매워서도 못 먹는다
싱거워서 못 먹고
딱딱해서 먹을 수가 없다

모두가 어우러져 맛있는 김치가 된다
어울림 참 아름다운 말이다
나는 어울림에 걸림돌인가? 디딤돌인가?
김장을 담그며 어울림을 생각한다

나는 어이하랴

산은 나더러 산으로 가자 하네
나는 좋지요 산으로 간다
강은 나에게 강으로 가자 하네
나는 좋지요 강으로 간다

나는 산으로 간다
내가 좋아서 가고 산이 좋아하니 간다
나는 강으로 간다
내가 좋아서 가고 강이 좋아하니 간다

산은 나에게 강에는 가지 말라 하네
가면 나를 죽인다 하네
강은 나에게 산에는 가지 말라 하네
가면 자기가 죽는다 하네

나는 산에도 못가겠네 강이 무서워서
나는 강에도 못가겠네 산이 무서워서
산이 내게로 와서 강으로 가자 했으면 좋겠다
강이 내게로 와서 산으로 가자 했으면 좋겠다

−자기주장밖에 없는 삶의 현장에서

김상도

경북 청도 출생
파라문예 7, 8, 9호 동인

봄 마중

졸 졸 졸
봄 물들의 합창 소리에
등산 가방 칭얼 칭얼 업어 달랜다
등산화 동여매고 봄맞이 가자

아직도 봄눈 덮인 산마루에는
춘풍 삭풍 서로 얽혀 다투겠지만
우수 춘절 지났으니 봄 마중 가자

아지랑이 아롱아롱 피는 언덕엔
쑥이 쑤욱 고개 들고 봄볕 반기고
달래 냉이 봄맞이꽃 올라오겠지

을숙도에서

낙동강 칠백 리 물길을 따라
수만 년 떠내려온 토사들 모여
철새의 보금자리 만들었지요

새들이 잠자는 섬 을숙도 위로
철(鐵) 새가 쉼 없이 오고 갑니다
낮이나 밤이나 인간들 싣고

새들의 호텔이던 옛날은 가고
더 이상 섬이 아닌 오늘날에는
사람 구경하는 새만 왔다 갑니다

청풍수 찬가

淸道 청도는 三淸의 고장
산 좋고 물 맑고 인심 넉넉한
山紫 水麗 人情이 함께 하는 곳

豊角 풍각은 풍요로운 곳
성곡댐 맑은 물 밑거름 되어
세세년년 풍년가 흥겨운 고장

水月 수월은 물 맑은 산골
아름답고 고운 마을 달도 밝은 곳
미나리 가꾸는 美羅里 동네

박재율

파라문예 5, 6, 7, 8, 9호 동인

솔 향기

귓가에 스치는 바람의 정겨운 모습
언제나 그러하듯 오늘도
그 향기가 그윽하다

엄마 품에 잠든 아기 볼 마냥
저녁노을에 물든 소나무 품속
솔 향기에 취해 얼었던 볼이 익어간다

누군가는 사랑을 이야기하고
누군가는 이별을 슬퍼했을 것이며
누군가는 삶의 땀방울을 달랬을 이곳

돌아보면 먼 옛이야기
앞을 보면 누군가가 그러했듯이
똑같은 사연 모습으로 다가오고 있다

그렇게
가고 또 오고
언제나 그곳엔 솔 향기 그윽하다

노래 가사의 추억

들려오는 음악소리
애절한 가사의 사연만큼이나
영상처럼 스쳐지나가는 그리운 사람

언젠가 내가 그러했듯
지금 이 자리에 애절한 노래 소리
떨리는 목소리마저 과거의 그 모습

옛날 옛날에 그 누군가가 그러했을 것이고
그 노랫소리 들으며 오늘은
이곳에 내가 머물고

흐르는 노랫가락 사연은
서글픈 세월을 타고 그렇게
또 누군가 이 노래를 부르고 있으련만

겨울밤 바닷가

시린 가슴 까만 바다에 던져
출렁이는 파도에 부딪치고
또 부딪쳐 산산이 부서진다

보이지도 않고
알 수 없는 형태로
왔다가 사라지는 영상들

망망대해 길게 떨어지는 유성 따라
텅 빈 가슴엔 까맣게 멍든 상처뿐
똑같은 파도소리 메아리로 맴돈다

지난날 환상에 한참을 바라보다가
여울 속 아련히 떠오르는 미소 따라
시린 가슴 어루만지며 젖은 걸음 옮겨본다

홍종흡

경기도 남양주 출생
파라문예 동인

나의 수목장

나무야
나무야
떡갈나무야

너의 긴 뿌리 속을 따라 올라가면
하늘 끝 닿는 곳에 한 동네가 있지?
옹기종기 모여 사는 꽃동네 잎동네

난 말이야
내 한 몸 다 타고 남은 하얀 재 나오면
한데 모아
너의 몸통 뿌리 밑에 뿌려 달랠 거야

누군가 불러주는 이별노래 들으면서
난 너의 가지 끝 잎동네 찾아갈 거야
그곳에는 말이야
보고 싶은 누나랑 엄마도 있을 것 같아

어둠이 별과 함께 달빛타고 내려오면
난 너의 커다란 잎새에 오선지 그리고
내 노래를 거기에 그려 넣을 거야
그리고 바람 부는 날이면 노래할 거야

세월이 흐른 뒤

날 사랑했던 사람들이 찾아오면
반갑다는 말 대신에
내 노래를 들려줄 거야

슬픈 얼굴로 찾아오면 슬픈 노래를
기쁜 얼굴로 찾아오면 기쁜 노래를

보랏빛 꽃 속에는

엉겅퀴—
길가에 홀로 피어
누구를 기다리나 보다
아기 꽃망울들 안고 업고
하늘 끝 저편을 그저 바라만 보는 꽃

아마도 슬픔을 참으려는 걸 거야
애처로운 모습 측은하여
풀벌레들도 어루만져주고 싶다는데
가까이 오면 안 돼!
고갯짓하는 눈가에는
보랏빛 아픔이 숨어있구나

가끔씩
호랑나비 엄마처럼 찾아와
엉클어진 머리 쓰다듬어 달래주는 말
"이제 그만 잊으려므나
돌아올 임이라면
가지도 않았을 거야"

따스한 햇볕 내리쪼이는 한나절 되면
기다림에 지쳐 잠깐씩 졸다가
산들바람 부는 해질녘에
다시 또 그리워

들녘 오솔길 바라보는 꽃
엉겅퀴-

보랏빛 꽃 속에는
그리움 겹겹이 쌓여있고
가녀린 몸매에는
한 맺힌 미운 정 바늘로 돋아나
깊은 밤 별빛 안고 찾아올 임조차
가슴에 품을 수 없을 텐데

그래도 너는 사랑받는 예쁜 꽃
엉겅퀴야-
풀벌레 밤새워 부럽다 한다

민들레 홀씨의 마음

천상에서 내려와 꽃이 되고 싶다 하기에
한울님은 그러라고 하셨나 보다

홀씨 바람에 날리다가
그리운 임 꽃밭에 민들레꽃이 되어
새벽안개 걷히면
아침 이슬에 젖은 순박한 웃음으로
꽃밭 주인 기다리기를
삼백예순날 넘었건만

임은 무슨 사연 있길래
오월이 다― 지나도록 오시지 않나
기다리다가
다시 홀씨 되어 바람에 날리니
날아갈 곳― 어디에 또 있을까

가녀린 바람소리에도 놀라
갈 곳 찾는
민들레 홀씨의 마음

 천애경

경기도 수원 출생
파라문예 동인

풀잎

작은 새싹 얼굴을 내밀더니
어른스럽게 다소곳이 앉아
하늘 한 번 나 한 번 올려다본다

봄이 주는 선물
조금 더 어른이 되면
꽃을 피우고 열매를 맺고
활짝 웃겠지

행복한 얼굴엔
미소 한가득 묻히고
한 손엔 친구의 손을 잡아
아롱이 다롱이 재잘거린다

봄은 아름다운 사랑을
보이지 않는 구석구석 남기며
빠른 걸음으로 걸어간다
나도 봄 속에 파란 풀잎이고 싶다

그리움 저편에는……

보이지 않아도
들리지 않아도
소중한 보석 하나 지니고 살지

만져지지 않아서
느낄 수는 없지만
아름다운 별처럼 빛나는 눈동자
내 눈에 담겨 나가지 않는 그리움 있지

행여나 오시려나
뒤돌아 보아 주실까
기다리는 마음
가슴 설레게 아름답던 사랑이 보석처럼 반짝거린다

그리움이었어
너는 나의 소중한 보고픔이었어
따뜻한 가슴은
바로 당신의 품속이었어

목련

하얀 가슴 열어
뾰족이 내민 얼굴
고귀한 자태 순백의 여인이여

한 서린 사연
가슴에 묻더니 꽃으로 피어나
웃음으로 눈물을 자아낸다
영혼에 묻힌 그리움인가

비바람에 시달리던 세월
어디에 묻어 두고서
천상의 여인
천사되어 내려왔구나

한 많은 여인들의 사연
묻고 묻어둔 채
한 잎 한 잎 고운 사랑
셀 수 없는 그리움만 채워주네

이명서

파라문예 동인

봄의 생명

만물이 새로워지고 해맑은
웃음으로 싹을 틔우는
그래서 곱고 고운
연한 줄기에 생명은
또 시작이 됩니다

어디선가 들려올 듯한
아련한 기억의 봄동산
너머로 마음이 거니는
그 길녘엔 살며시 스민
꽃 바람의 향기
내 맘을 흔들어 버린
새로움의 움이 튼 가지는
어디서 오나요?

가고 싶어 한달음 먼저 가는
가슴에 꿈은 봄동산에
아지랑이처럼 피어오르고
따스한 입맛에 식욕을 돋우는
봄나물 향취처럼 젖어 버렸습니다

새로움의 움이 트는
내가 또 네가 하늘에서 내리는
은혜의 가지에

아! 사랑
나 그대 품에 안기어
그대 꿈을 품어보고 속절없는
생각을 거두어 봅니다

그대 안의 나

임의 입김 속에
숨길이 터지고 또다시 지펴지는
창조의 온기는 기어이 차디찬
마음을 녹이는 사랑의 세레나데
임의 그루터기에서 움터오는 나는
진정 임의 포로입니다

다른 그 어떤 것도 상상할 수 없는
임의 분신
사랑하게 해놓고
사랑의 줄로 묶인
나는 임의 형상입니다

임의 울타리 안에서
진정 행복할 수밖에 없는 나는
순결한 임의 꿈 안에 자라고
오늘이라는 영원 속에서
끝까지 멈추지 않는
사랑이라는 언어는
끝없이 솟아나는 생명수가 됩니다

죽어도 죽지 않는
살아서 영원까지
임 안에서 펼쳐지는
거대한 창조의 역사가
사랑 안에서 오늘도 펼쳐집니다

그리움에 타는 목마름

그리움의 바람이 불어와
마음에 허상을 붙잡으면
몰래 헤집고 들어오는 눈물
가지에 꽃망울이 맺히우고
생각이 터지는 허공엔
가냘픈 봄바람이
휘돌고 가는 미련을 낳았다

지난 세월의 쌓인 정은
가눌 길이 없는데,
잿빛 하늘은
내 맘을 알아줄까요!

손을 내밀어
허상에 손을 잡으면
흩어지는 환영

봄의 꽃들도
봄의 소식에
들떠 전하는 눈빛은
더 깊게 빠지는 슬픔이다
어울릴 수 없는 봄과 고독이
속이 타버린 가슴은
이른 봄 아지랑이처럼

그리움으로 절여온다

아!
나는,
어느 세월에
이 타는 목마름에서
벗어나 내 고단한 마음을
품어줄 그대에게로 갈거나

옥진상

파라문예 동인

호수의 그림자

세월도 가고
인생에 청춘도 가버린 뒤

휘몰아쳐 온 세월의 그림자
물안개 자욱한 수변호수
호수에 일렁이는 물그림자

우리들의 행복은 아직
이 세상에 있음이요
추억 하나 엮어가는 호수

가까워진 내 인생에 꿈
꿈을 엮어야 하는 선암 호수
봄 여름 가을 겨울
호수의 언저리 물안개 그림자

내 안의 깊은 곳

너를 향해 바라보던 마음
나이 생각에 숨어 버린 지금
따뜻한 온기 아직은 남아있음이요

시간은 자꾸 흘러가는데
메일 속 바라보는 아름다운 마음씨
강물 되어 덧없이 흘러만 갑니다

메일 속 숨어있는 나의 마음
남아 있는 그리움으로
벅차오르는 감회 새로워집니다

진실함 가득한 너의 마음씨
너와 같이라면 행복한 마음
내 안에 깊은 곳 느끼고 배워갑니다

남은 꿈 이야기

꿈을 이룬 사람
꿈을 꾸고 꿈을 이룬 이야기
꿈을 사랑하기엔
너무 늦은 시간

하루의 일상
배우고 익히는 자리
친구 같은 동행자 있음이
즐거움이요 행복입니다

예나 지금이나 하늘에 별
별들을 볼 수 있는 즐거움
자연히 바라볼 수 있는 계절의 이치

가버린 인생 뒤 돌아보지도
얼마인가 재워보지도
마지막 황혼 빛
붉게 불타고 싶다

안상균

파라문예 동인

사랑노래

절대고독이 있음으로
사랑의 노래를 부를 수 있음을 나는 안다

고독이 깊어짐은 사랑노래의 도돌이표
높은음자리표

비 갠 뒤의 무지개를 불러서 오선을 그리고
까만 밤 별을 불러서 음표를 붙이고
미인의 눈썹 같은 초생달을 불러서 쉼표를 단다

절대 고독이 있음으로
사랑의 노래를 부를 수 있음을 안다

절대고독은
사랑을 노래한다

가난

추운 날
내 공복 깊은 속에는
앙상한 나무 한 그루가 서 있고
무척 거센 바람이 불어와서
나뭇가지를 흔들어 놓는다

나무 때문에 바람이 부는 것은 아닌데
나무가 밉다
나무가 싫다

홍채(虹彩)

밝은 곳만 바라보면
어두운 곳은 보이지 않듯
어두운 곳만 바라보면
밝은 곳은 보이지 않으리라

우리 눈에 홍채가 있듯
마음에도 그와 같은 홍채가 있어
삶은 항상 바라봄과 닮아 가리라

황인형

전남 나주 출생
파라문예 동인

회심(會心)

설화를
벗 삼아
길에서
길을 담았다

툭 터진 하늘에
너른 들판
바람을 담은
향긋한 내음들

길가 꽃들은
제 모습 뽐내고
지난 더위 잊은 이파리는
반갑게 웃는다

묻고 응답한
시간들은
돌이켜 보면
굽이굽이 길

네 길을 내 길 같이
기대어
걷다 보니
여기까지 흘러 왔다

마주친 네 눈빛 속에
감춰진 미소는
아직도
내 가슴 설레게 한다

여도지죄(餘桃之罪)

활짝 핀 꽃잎에
잠들어 있던 심장이
다시 요동을 칠 때
지난 추억들이
주마등처럼 떠오른다

차창 너머 파도 소리
발아래 수풀과 너른 들녘
반짝이는 눈망울에
술잔은 쨍-

네가
새이면 하늘이고 싶고
꽃이면 나비이고 싶고
달이면 별이 되고 싶었다

따뜻한 가슴에
'사랑해'를 더하고
'영원히'는 곱해서
감싸주고 싶은 마음은
아직 뜨겁기만 한데

지금은
쑥밭이 되어버린

174

여도지죄 그림자처럼
봄날은
이렇게
흐르고 흘러만 간다

가을 길목에서

뭘 잃었을까

하늬바람 맞으며
바라본 하늘
구름 내세우며
살짝 내민 연미소

아련한 기억 속에
숨어버린 추억들
잃어버린 건 무엇이고
찾고 싶은 건 무엇일까

내 곁엔
꿈이 있고
온기가 있고
설화가 있는데

가을 길목에 선
난
어디서
뭘 잃었을까

홍성태

보성통신산업 대표
한국방송통신대학교 경영학사
육군 3사관학교 소령 전역

시간의 나

시냇물이 흘러간다
기나긴 물줄기 어디에도
지금의 모습은 보이지 않아……

작은 물줄기가 강이 되고
강물은 바다가 되어

저 먼 곳
어딘가 삶에 대한 회한이 되어 남아 있겠지

불현듯
떠오르는 얼굴

사랑했던 사람들
같이 살아왔던 모든 기억이 물밀듯이 요동쳐 온다

푸르렀던 산하처럼
젊음 또한 파란색이었어!

모든 것이 내 것만 같았고
시간은 내 편이었지

그러나
그 시간은 오래 가지 못했어!

왜냐하면
청춘은 그리 길지가 않았거든……

산기슭 맑은 물, 바람 소리는 변함이 없는데

세월의 무심함

그 속에 나는 조용히 멈추어 서 있다

사노라면……

사노라면
무릇 기억나는 일이 있습니다
뒷동산에 올라
들판 너머 길게 늘어진 버드나무 군락을 바라볼 때
오래전에 살았던 집
툇마루 아래
기지개 키던 우리 집 강아지 곰이가 생각납니다

봄이 오는 뜨락 소리 내 책 읽던
소년의 뇌리에는
열두 살 터울의 고종사촌 누님이 있었습니다
곱게 가다듬은 머릿결
은은하게 풍겨 나오는 향기를 기억하고 있지요

오래전에
당신과 내가 사랑했던 시절이 있었듯이
띠동갑이었던
누님이 사랑에 빠졌던 것을 기억하는 건
잠시나마
시간이 나에게 주는 추억입니다

사노라면
무릇 생각나는 일이 있습니다
열차를 타고

180

차창 너머 길게 펼쳐진 대지의 초원을 바라볼 때
오래전에 살았던 곳
시골집 전경의 펼쳐진 마당
잔뜩 쌓인 감자더미가 생각납니다

여름 오는 길목 친구들과 함께
천렵 준비하던 소년의 뇌리에는
열 살 위 이종사촌 형님이 있었습니다
붉게 익어버린 어깨를 드러내놓고
싱그런 웃음과
가슴에 풍겨 나오는 젊음을 기억하고 있지요

가끔씩 등지게 지고 나뭇단 통째로 갖고 와서
나무패는 것을 좋아하시던 형님
오래전에
당신과 내가 좋아했던 일들이 있었듯이
열 살 위
형님이 좋아했던 일 기억하는 건
잠시나마
시간이 나에게 주는 여운입니다

사노라면
무릇 기억나는 일이 있습니다
여름날

산 계곡 들어
능선 길게 이어진 물줄기 바라볼 때
오래전에 있었던
큰 바위 아래
웅덩이 헤엄치던 동네아이들 생각납니다

가을 오는 계곡에서 단풍잎 주워
책갈피 꽂아 놓는 것 좋아했던 아이
소년의 뇌리에는
세살 터울의 고종사촌 누이가 있었습니다

곱게 단장했던 옷고름에서 풍기던
잔잔한 풀냄새를 기억하고 있지요
오래전에
당신과 내가 열병에 걸렸던 시절이 있었듯이
고종사촌
누이를 남몰래 생각에 담았던 것은
잠시나마
시간이 나에게 주는 인연입니다

사노라면
무릇 기억나는 일이 있습니다
흰 눈 쌓인 봉우리
산하 길게 늘어진 선로길 바라볼 때
오래전에 살았던 집
툇마루 아래

기차가 지나가면 울부짖던 강아지 곰이가 생각납니다

겨울 오는 문턱 아궁이불 피우던
얼굴이 새파랬던 아이
소년의 뇌리에는
두 살 아래 이종사촌 동생이 있었습니다

기둥을 부여잡고 마루에 서서
힘겹게 가라앉은 가슴을 쥐어짜며
입가에 튀어나오던 붉은 선혈을 기억하고 있지요

오래전에
당신과 내가 아팠던 시절이 있었듯이
이종사촌
동생이 폐를 앓고 떠난 것을 기억하는 건
잠시나마
시간이 나에게 주는 상처입니다

사노라면
어릴 적 동네어귀 휘감고 흐르는 강물같이
어제가 오늘이고
오늘이 내일임을 깨닫게 해줍니다

사노라면……
이렇게들 사노라면……

백 년 후에

백 년 후에
나는 바람이 되리라

아지랑이 살랑되는 들판 사이
화사한 봄 향기 가득 담고서
여기저기
뛰노는 어린 아이들

살며시
그들의 머릿결을
보듬으리라

맑은 호숫가
이곳저곳 유영하는 물고기 같이
은은히 번져가는 물결을 향해
그 위를 스쳐가는
훈풍이 되리라

투명한 햇빛 반사되는
우거진 나무 녹음 사이로
원색의 젊음
그 주위를 맴도는 바람
그들의 아미에 입 맞추는
그런 바람이 되리라

백 년 후에
나는 노을이 되리라

바닷가 모래밭
모여 앉은 사람들
그들의 노래가 허공을 타고
메아리칠 때
나는 빠알간 노을이 되리라

파도를 일으키며
짙은 청록색의 바다가
잔잔해지고
바다 색깔이 카멜레온처럼 변할 때
나는 노을이 되리라

산기슭 아래 넓은 갈대숲 사이로
시원하게 펼쳐진
평원의 고요함을……

어느 순간
뉘엿뉘엿 기우는 태양빛을 바라보는
노인의 얼굴 주름사이로
비추이는
서산 너머

나는 노을이 되리라

백 년 후에
나는 안개가 되리라

능선을 오르내리며 물방울 머금은
소나무처럼
산맥을 휘감고 사라지는
흰 구름 같이
빨갛게 물들은 단풍잎 헤치고
숲 속을 선회하면서
머루 다래 달려있는 곳

누가 따갈까 따갈까
노심초사하는 다람쥐의 한 생애를
지켜주고 바라보는
나는 안개가 되리라

백 년 후에
나는 차디찬 비가 되리라

심심산중
깊은 계곡 약초를 좇아
기약 없는 산삼의 꿈을 향한
가없는 심마니

온몸의 땀을 닦아주는
나는 소나기 되리라

메마른 황토길
뿌연 먼지 날리고
장의행렬 구슬픈 곡조
하얀 소복의 젊은 여인

산 자의 아픔을
씻어내는
나는 구슬비가 되리라

황량한 벌판
눈 덮인 산하
언제 다시 오기 어려운
이 세상의 깊은 인연

시린 고통 속에서
어디서 와서 어디로 가는지
알 수가 없는 삶의 연속

그 속에
나는 그곳을 윤회하는
서럽고 차디찬 비가 되리라

유영숙

충북 괴산 출생
파라문예 동인

기다림

수없이 많은 얼굴 속에서
풀잎 하나를 사랑하는 일도
괴로움입니다

집으로 오르는
계단을 하나 둘 밟는데
문득 누군가가 그리워집니다
아니……
문득은 아닙니다

어느 때고
누군가가 그립지 않을 때는 없었으니까요
아무리 세월이 흘러도
내 마음 속을 채울 수는 없으니까요

누군가가 텅 빈 가슴 채워줄 때까지
그리워할 테니까요

봄비

하얀 계절이 고개를 숙이고
봄비가 내립니다

몰아치던 바람마저
흔적 없이 사라지고
봄을 손짓하며
새싹들은 노래를 부릅니다

봄이 오고 있음에
마음마저 부풀어
그 임에게 편지를 띄웁니다

봄비는, 봄비는
언제나 행복한 기억을
사랑으로 이야기합니다

얼굴

창가에 어둠이 드리우면
끌리듯
그를 닮은 별을 찾습니다

어둠 속에 그려본 얼굴
환한 별빛이 되고

어둠 속에 갇힌 연정은
밤을 잊어버립니다

시간은 새벽을 향해 달려도
나는 창가를 떠나지 못합니다

날이 밝기 전
그 사람을 찾아야 하니까요

최증균

경기 평택 출생
파라문예 동인
독립기념관 전시회 등 작품활동 다수

귀향(歸鄕)

꿈 찾아
떠나간 고향에
임 찾아 돌아왔건만

욕망에
흘려버린 세월이
임을 무정하게 만들어 버렸네

다정(多情) 인심(人心)
찾아볼 수 없고
아쉬운 마음만 가득(加得)

서러운 마음 안고
돌아서는 나에게
백일홍(百日紅)만이 날 반기네

꽃잎

춘풍(春風)에
가냘프게 태어나

미풍(美風)에
아름다운 꽃잎 되어

가진 모든 교태로 유혹하며
임을 애타게 기다린다

비록 지나간 세월이
몸서리쳐지게 춥고

싹을 틔우지 못한 상처 속에
띄워 보낸 세월이

그리움이 넘쳐서
마음 서러워도

또 다른 사랑 찾아
향기 날리고 미소를 보내야 한다

그래야 탐스런
씨앗을 얻을 테니 말이다

별들의 고향

그 누가 영혼이
육체의 허물을 벗으면
별이 된다 했나

광활한 공간 속에
수많은 별이 존재하건만
그래도 쓸쓸히 보이는 건

이승에서의 다하지 못한
아쉬움과 서러움이
뒤엉켜 그리움이 되었나요

언젠가는 나도
사연 많은 유성되어
밤하늘 떠돌다가

작은 파도에도 삼켜지는
가녀린 낙엽처럼
서럽다 말 못하고

알 수 없는 미지의
별들의 고향 속으로
사라져 가겠지요

 최재호

양주시 재난구조대원
대한민국 전천후 해상산악 구조요원

아픔

아픔이 계속된다면
아니 계속될 수밖에 없다면
차라리 즐겨야 되나요

아픔도 즐기면 잊혀지나요
즐길 수 있다면 말입니다

계속되어지는 이 아픔은
쌓이고 쌓여 가슴에
허한 구멍만 생기고

아픔이다 못해
생가슴이 내려앉는 고통뿐이니

차라리 즐기고 즐겨
그 고통을 잊을 수 있다면
얼마나 좋을까

여운

흩날리는 작은 비는
내 맘입니다

내 맘속의 소록비는
옛 추억이구요

추억과의 이슬비는 싫지 않은
옛 여운입니다

살포시 덧씌워지는
상처 아닌 상처가

곪아터져 다시
생 상처로 도져도

난
그 추억 속의 여운을
지우고 싶지 않습니다

아니
지워지길 바라며
더욱더 추억하렵니다

오늘의 생이

그 여운의 바탕 위에 놓여져

앞으로도 그려질
그 운명과 함께 말입니다

산야의 심포니

오늘 산야는 생명이 있습니다
살아있는 소리들을 들을 수 있었으니까요

맴—
매미들의 합창이 여러 음색으로 화려하게 수놓구요

청설모는 나를 보더니 나무 뒤로 숨어 다가갈 때마다
자꾸자꾸 숨어버립니다

고기 있는 것 뻔히 아는데 얼굴만 안 보이면 되는 줄 아는
모양입니다
우거진 수풀 속의 생명력의 존재가 참으로 아름답고 활기찹
니다

이제 익히 안심이 됩니다

죽어있는 것만 같았던 산야가 살아 숨 쉬는 푸른 초장이 되
어 버리니
우리 모두의 바람과 기대가 충족되어진 것 같습니다

우거진 산야에 이제 산비둘기 날며 청설모 다람쥐와 그 어
떤 이름 모를
멧새들의 합창과 더불어

이 혹서에도 아랑곳 않는 맴맴이들의 소프라도 독창들이
이곳저곳에서
들려오겠지요

그리고 산야를 가득 메운 아름다운 대합창으로 수놓아질
것입니다

각박하고 힘든 세상살이에 산야에 숨 쉬는 생명들의 오케
스트라 연주를
들으며 마음속에 아름다움을 심으며 인생을 알아갈 것입니다

인생은 결코 외롭지 않다고……

심혜자

경기도 일산 출생
파라문예 동인

추억 속으로

초저녁 덩그런 마당 한곳
벼 쭉정이 삼태기 한가득 주워 담아
거칠고 주름진 손 마디 마디로
한 웅큼 휘하고 뿌리면
풍무 소리 삐이익 삐이익
삐그덕 삐그덕

늙은 노파 마른 기침 소리에 뒤엉켜
굴뚝 저 멀리 노파의 나이처럼
한가득 나이테가 이리 저리 떠다닌다

낡은 가마솥 사이로
구수한 밥내음 풍기며
크나큰 눈물 뚝뚝 흘리며 울어 대면
볏단 하나 살포시 주둥이에 물려 주면
그제서야 잠들어 버리는 솥단지

아궁이 입가에
밀가루 반죽 척척 붙여 놓고
노르스름하게 익기만을 기다리다가

쫘아악 쩌어억 갈라지고
뽀송 뽀송 아가들
입속에 하나 둘 행복을 선사해 준다

저 보고 싶지 않나요

차디찬 겨울바람이 운동화 질끈 묶고
엉키고 설킨 흰색 줄 사이로
야무지게 걷어 차고 가버립니다

초저녁부터 화단에 옹기종기 모여앉아
들꽃, 들풀들과 작은 소담을 나누며

희끗 희끗 할머니 흰머리처럼
듬성 듬성
붓으로 연신 노오란 색칠할 준비를 하고 있네요

별들의 길목에서 세상 사람들에게 묵언으로 짓밟혀도
두근거리는 마른 가지에 숨어
연신 자기 자랑에만 힘을 쓰는 모습이 아름답게 보이고

나뭇잎을 덮고
하얀 가루가 온몸을 휘감아도
기특하게도 연신 강한 의지로
자기 몸을 지키고 있으니

내일이면 세상을 노오란 빛으로
우리를 맞이하겠지요……

무언의 침묵

아무리 보려고 해도 볼 수 없고
아무리 찾아 헤매어도 찾을 수 없는
그 그리움의 한 조각

고요함 속에 들리는
그리움의 실체를 어이 할까요

고요히 흐르는 무언의 침묵의 소리만 들릴 뿐
세상 속에 흐르는 작은 음성조차 들리지 않는 이 밤이
믿기만 합니다

지치고 조각난 우리의 영혼 잠재우며
조금은 잠시 쉬어갈 수 있는
안식처가 될 수 있는
행복의 지상 낙원
지금의 시간이 아닐까 생각합니다

햇살 고운 하루 뒤안길
살며시 온몸 언저리에 기대며
속삭여 봅니다

세상 삶이 다 그런 거라고
다 그렇게 사는 거라고
내 안의 영혼에게 속삭여 봅니다

정형덕

파라문예 동인

엄마

나에겐 유난히 시린 단어
엄마 품이 그리워 얼마나 울었던가
어려서 날 두고 하늘나라 가신 엄마
기억조차 없던 어린 시절 원망으로 가득

그 후 어린 딸 손잡고
울집 대문 넘고 오신 새엄마……

미움과 구박덩어리였던 나
구정물을 뒤집어쓰고 도망갔고
손등이 터지도록 집안일하고
방학되면 가사일 도맡아 해야 했고
주말되면 농사일 하기 싫어서 교회갔고

콩쥐팥쥐의 주인공이 되어버렸던 난,
새엄마 곁에서 벗어나고 싶어서
멀리 유학 다녔던 나
수많은 일들이 지난 세월에 묻히고……

몇 년 전 풍으로 쓰러진 엄마 모습이
얼마나 가슴 아픔에 힘들었던가!
한쪽 손만 힘을 쓸 수 있어서
내 손 꼭 쥐며 하염없이 눈물만 흐르시고

지금은 찌우뚱짜우뚱 걸으시지만
말씀도 어눌하시고 작아져버리신 엄마……

당당하고 호탕하게 욕도 잘하시고
사내대장부시던 그런 모습 찾을 길 없고
어버이날 내 목소리 듣고 고맙다는
한마디만 반복하시는 내 엄마……

엄마……
어려선 미움만 가득했고
가슴엔 새엄마로 각인되었던 철없던 나
엄마가 되니 부모 맘 아는지
작아진 엄마가 너무 가슴 아파오네요

한번만이라도
하루만이라도
엄마와 단둘이 지난날 얘기하며
늘어진 젖가슴 만지면서
엄마 품에서 잠들고 싶네요

엄마……
이렇게 가슴에서 부르는 내 엄마
저미어오는 가슴 어찌하면 좋을까요
철없던 나를 잘 키워주서서 감사해요

새벽공기

어둠이 걷히는 이 시간
오래전엔 이 시간을 많이 즐겼는데……

봄에 새싹이 돋아나는 모습을 보면
가슴이 설레고 벅차듯이
이른 아침 새벽공기는
나의 심장 깊숙이 파고든다

창문을 열고 숨을 크게 내쉰다
아—
공기가 얼마나 감사한가
이 느낌…… 맑고 상쾌한 기분
너무 좋다…… 너무 좋아……

대지는 어느새 촉촉이 젖어있다
아무도 걷지 않은 아파트단지
밤새 시끄럽던 자동차 엔진소리도
놀이터에 개구쟁이들도
흔들거리던 나뭇가지들도
지금 순간은 휴식을 취하나 보다

저 멀리 보이는
소래산의 정기가 느껴지듯
어제의 피로함이 쏴—악 가신다

어둠이 하나둘 밀려가고
이젠 제법 움직임의 동태가 느껴지고
부지런한 우유아줌마의 발걸음이 생동감 있고
천천히 움직이는 트럭 한 대가
고요함의 선동대에 섰다

촉촉한 대지가 나를 유혹하고
창문을 더 활짝 열고
두 팔을 벌리고 아주 작게
소리를 내어본다
나 살아있구나
숨을 쉴 수 있는 이 공간이 행복하다……

꺼지지 않는 사랑

활활 타오르는 장작보다
은은하게 비춰주는 촛불처럼
바람이 불어도 꺼지지 않는
든든한 사랑이 되고 싶습니다

멀리 비추는 전조등보다
가까이 임만 비춰주는
하나의 등불이 되고 싶습니다

홀로 외로이 있어도
외롭지 않음을 느끼면서
임의 심장소리를 듣고 싶습니다

임의 마음을 다 헤아리지 못해도
눈빛만 바라볼 수 있어도 좋을
그런 꺼지지 않는 사랑이 되고 싶습니다

원미경

강원 원주 출생
에스디 진단제품 제약회사 근무
파라문예 동인

내 삶에 선물인 사랑

내 삶에 사랑은 늘 따라다니는 그림자
가슴에 사랑 없이는 마음이 가난하여
아무것도 이룰 수 없는 빈곤함일 것이다

삶에 사랑은 없어서는 안 될 평화로움
물질의 풍요 많다 하여 행복하다면
사랑 없는 삶은 무의미하지 않겠는가……

사랑은 삶에 지치고 힘겨운 날 있어도
어루만져주고 토닥여주는 온정의 손길
살며 사랑하며 서로 호흡하는 인생이려니

내 삶에 선물인 사랑하는 당신 있음에
하늘을 유영하며 밤하늘의 별을 사랑하고
저녁놀을 동경하는 삶에 동행함이 사랑이다

내 꿈은 희망

저 하늘 저 산이 나를 부른다
긴 세월을 가장한 산등성이 허리엔
지나간 함성들의 무성함이 쌓여있겠지

저 깊은 바다 파도가 나를 세운다
바람 따라 산책하는 삶에 길 위에서
목젖으로 타고 흘러나오는 외마디 숨결
아 살아있는 자의 목마름이던가

어스름한 어둠 속에 노니는 철새도
밝은 여명의 광명 속에서 날갯짓하듯
내 꿈도 저 구름 위를 날아오를까

산은 산이로되 물은 물이로다
유유히 흐르는 강물은 묵묵한 침묵만이
운무 속 울림이라 구름에 달 가듯이
또 한 계절 속절없이 흘러가는구나

나는 어디로 흐르고 흐르는 걸까만은
저 바닷물결 파도치고 저 바다 깊이
잴 수 없듯이 끝이 없는 길이 인생이려나

춘삼월의 연가

꽃샘 추위에 몸살 앓던 새싹
연초록 잎새 위로
봄비 내려 또르륵 또르륵
빗방울 맺혀 흐르고
꽃향기에 살포시 젖은 마음
내 안에 그대에게 띄웁니다

춘삼월에 봄비에 젖어드는
봄 마중 나간 설렘
청초한 싱그러움에 화사하게
미소짓는 얼굴 새록새록
밝게 피어나는 연서 띄우고
그대와 함께 동행합니다

봄비에 흠뻑 젖은 어느 봄날
하늘가에 쌍무지개 피고
햇살 한 숨에 봄꽃들이 와들짝
피어나는 향연 속으로 물들면
초록 물결 일렁이는 그리움
움트는 봄 이야기 꽃피웁니다

심현재

파라문예 동인

그리움

가로등 비추이는
쓸쓸한 거리
빈 그림자 품에 안고
빗물 따라 흐느끼네

흘러가는 빗물 속에
내 마음 띄워보며
굽이쳐 돌아가는
길고 긴 방황 속에
그리움만 쌓여가네

울다 지친 빈 가슴
아려오는 마음속에
빈 발자욱 그대 찾아
헤매는데……

오늘은 어느 빗줄기 따라
떠나야 하는지……
그대여!
뇌성 속에 들려주오

몽돌이 보고 싶다

가슴에 안고 가는
사랑하는 당신과
함께 가고 싶은
몽돌이 구르는 바닷가

파도에 씻기어
들려오는 소리에
내 마음 실어
사랑하는
당신에게 보냅니다

뜨거운 햇살 아래
당신의 가슴은 끓어오르고
듣지 못할 소리는
조개껍데기 속에 맴돌더이다

미움일랑
파도에 실어보내고
당신과 함께 거닐고 싶은
몽돌이 부딪치고
사랑이 구르는 바닷가

다가오는 가을엔
사랑하는 당신과

거닐 수 있을까요
당신 없는 몽돌은
그리움의 노랫소리만 토해내는데……

추억

마지막 들뜬 까아만
정열의 밤은 떠났다
한껏 노래하며 춤추던
그 밤은 내곁에서 떠났다

하얗게 지새우던 밤도
내가 사랑했던 사람도
그렇게 밤을 떠나갔다

청초한 미소도
함빡 웃던 미소도
그렇게 떠났다

이 밤이 지나고
따스한 햇살이
떠오르면 또 다른 세상이
나를 반겨 주려는지

방 희제

파라문예 동인

방황하는 사랑

별빛같이 환히 빛나는 4월의 노래가 들려온다
추웠던 한파를 무찌르고 해빙하는 땅의 숨결의 소리
헤매이고 헤매이던 젊음은 갔으나 사랑은 변함없이
봄 햇살에 가름질한 고운 선상에 곡선이어라

사랑을 만드는 환상곡 같은 4월의 사랑이 온다
아른하는 대지의 열기처럼 이제 계율을 받은
눈빛처럼 햇살로 반짝임이 일어나니 일각의
쉼 없는 동요 또한 아름다움의 극치이어라

나의 하루살이 같은 소탈한 일상이 온다
길고 두툼한 꼬리에 나무구멍에 자리를 틀고 떫은 밤
양뿔에 채운 솜씨가 청솔기 기름하게 나무 타는 솜씨
자랑하듯 눈 아래로 내리깐 시건방스런 눈매이더라

그대, 아슴한 가슴에 이는 바람 그리움이 인다
우리는 하늘과 땅은 평형하다는가 맞닿았다는가
멀리에 공제하는 지평선 멀리에 공제하는 수평선
4 2에 있는 공간 무한한 창 어느 것이든 통하더라

내 사랑, 끊임없이 헤매이고 헤매이던 방황하는 단맛이는
담배연기의 옛 향수이고 함지의 술 같아라

낮

아침햇살 띄우고 행차하옵시는
임께서 고즈넉한 일상에
넌즈시 넉살 반 너스레 반 스리슬적
나를 불러는가? 낮을 밝히는 조양이야!

일하다 바라보는 하늘에 걸린
햇볕, 천 갈래 만 갈래로 찢어진 빛살들로
공간을 채우는데 오늘 뉘댁 일터 가족들은 몽텅구리
체육대회 경기장에 날라가고 우리끼리 야리끼리로 일하노라

몸에는 땀내 찐내 기름내 후각
기관을 쪼이는데 집에 갈 생각에
신난 버러지마냥 하늘도 넓고 땅도 넓고 바다도 넓고
일바람 재촉함에 웃다 일을 끝냈던가 멋찐 뉘가 분맹 있었
을 것이야

낮은 하늘과 땅이 처음 열리는 것이기늘
삶을 사는 것이 일할 수 있는 위안으로 대명천지를 바라노라
햇살 천 갈래 만 갈래로 분광하니 노을빛 변함없이 저녁하
늘을 물들이듯
하냥, 변함없는 저 세월의 석양에 나를 맡겨 지나노라

초인

나는 먼 훗날
백마를 타고 오는
초인을 기다리네라
한민족의 현재를 빛나게 할
시인은 어디론가 가버렸으니,
고은은 선가에서 속가로 가고
지하는 민주에서 댓글 대통령을 낳고
청마는 자신의 말처럼
어느 골짜기 이름 없는 계곡에서
자신을 짐승으로 죽게하라 하고
현재의 시대 교통사고로 갔어라
나는 무한 대한 우주에
대한의 민족아로서 면면히 살고파서
아! 먼 훗날, 이활 육사선생께서
백마를 타고 오는 초인을 기다렸듯이
이 시대를 바로 세울
흑마를 타고 오는 불사신을 부르네라

파라단편소설

민효섭

『파라문예』9호-단편「닭싸움」수록

작은 꽃들의 합창

1

불길은 맹렬한 기세로 확산되어 갔다.

오후 내내 헬리콥터는 저수지에서 물을 퍼 날라다 쏟아 부었지만 불을 끄기에는 어림없었다. 지역 소방서는 물론 관공서 직원, 지역 군부대, 자원 소방대원까지 총동원되어 안간힘을 썼으나 역부족이었다. 발목까지 푹푹 빠지는 바짝 마른 낙엽은 불똥이 튀기만 하면 금방 불바다가 되었고, 숲을 이룬 잡목과 나무들은 하늘 높이 화염을 널름거리며 쓰러져 갔다.

해가 기울자 바람마저 거세졌다. 불길은 바람 부는 대로 능선과 골짜기를 넘나들며 번져나갔다. 해가 지고 어두워지자 산불은 붉은 긴 띠를 마치 꽃뱀이 기어 다니는 모양으로 이리저리 산을 기어 다녔다.

소화를 진두지휘하던 지역 소방대상은 핸드마이크를 이무렇게나 집어던지고 불이 휩쓸고 지나간 잿더미 위에 털썩 주저앉았고, 사람들은 모두 기진맥진하여 아무데나 주저앉아 번져가는 불길을 멍하니 바라볼 수밖에 없었다. 속수무책이었다.

한 사나이가 어둠 속에서 다리를 절며 튀어나왔다.

"이 새끼들아! 중대장님 못 봤나?"

사람들이 랜턴으로 사나이를 비추었다. 사나이는 숨이 찬지 헐떡이고 있었다. 번뜩이는 눈을 두리번거리며 소릴 질렀다.

"중대장님, 중대장님을 찾으란 말이야! 이 새끼들아!"

사람들은 사전에 약속이라도 했던 것처럼 모두 소방대장을 바라보았다. 주위의 시선을 의식했던지 소방대장은 쭈물거리다가

"내가 소방대장입니다만……."

하고 사나이 앞으로 나섰다.

사나이는 소방대장 앞에 부동자세로 서서 거수경례를 한 뒤

"중대장님! 상황이 좋지 않습니다. 큰일입니다. 무전기가 말을 듣지 않습니다."

하고는 들고 있던 라면박스 크기의 상자 하나를 땅바닥에 조심스럽게 내려놓았다. 둘러 앉아 있던 사람들이 사나이 곁으로 모여들었다.

"무전기가 말을 듣지 않다니 무슨 말씀이신지요?"

소방대장은 돌연히 나타난 사나이가 무슨 말을 하는지 도무지 알아들을 수가 없었다.

사나이는 부동자세를 풀지 않고

"중대장님! 본부와 연락을 할 수가 없습니다."

하며 울상이었다.

둘러서 있던 사람 중에서 어떤 이가

"여보시오. 무전기는 뭐고, 본부는 어디를 말하는 게요?"

하고 묻자, 사나이는

"이 새끼야! 아가리 닥쳐! 우린 다 죽게 되었단 말이야!"

하며 역정을 냈다. 한마디 거들려던 사람은 깜짝 놀라 한발 뒤로 빼며 고개를 저었다.

"중대장님, 놈들은 대대규모쯤 될 것으로 보입니다. 문제는 시간입니다. 시간을 주십시오. 무전기를 고쳐보겠습니다."

너무 진지한 사나이의 행동에 소방대장은 할 말을 잃었다. 사나이의 정체도 알 수 없을 뿐만 아니라, 그의 행동이나 말이 이상하게만 생각되었다.

"그렇게 하시오."

소방대장은 사나이에게 뜻대로 하도록 허락했다. 그의 다음 행동을 지켜보고자 했던 것이다.

"최선을 다하겠습니다!"

사나이는 역시 부동자세로 서서 거수경례를 하고는 그 이상하게 생긴 상자를 들고 숲 속으로 들어갔다.

"또라이 아니야?"

소방대장과 사람들은 잠시 도깨비에 홀린 기분이라며 한마디씩하고 히죽이 웃고 말았다.

요란하던 헬리콥터도 안전상 야간작업은 포기할 수밖에 없어 철수하고 말았다.

불은 정상을 향하여 타올랐다.

"아ㅡ. 이런 때 비라도 오면 얼마나 좋아!"

"사람의 힘으로는 안 되겠어!"

소화 작업에 매달리다 그만 저녁식사 시간을 놓친 사람들이 김밥을 꾸역꾸역 입에 몰아넣으며 둥그렇게 달이 떠 있는 하늘을 올려다보았다.

불은 달맞이산 남벽을 8부 능선까지 홀랑 태우고 밤을 새워 새벽녘에야 흐지부지 꺼졌다. 마을 주민들은 혹시나 바람이 방향을 틀어 불씨가 마을로 날릴지 몰라 뜬눈으로 꼬박 밤을 새워야 했다. 바람이 잠잠히 가라앉고, 뱀 꼬리 같이 기어 다니던 산불이 사그라지자 가슴을 쓸어내리며 하나 둘씩 뿔뿔이 집으로 돌아갔다.

잔불이 남아 있는지 확인하는 일로 소화 작업은 일단락되었다.

2

이튿날.

아침 일찍부터 군수와 경찰서장 그리고 지역 소방대장 등이 함께 현장에 나타났다. 면장은 보좌관들이 준비한 것으로 보이는 커다란 차트를 펼쳐 보이며 상황설명을 하느라 진땀을 흘렸다.

"발화시간은…… 발화시간은 어제 오후 3시로 추정되며…… 착화지점은 누군가 피우다 버린 담배꽁초가…… 담배꽁초가 저기 뵈는 밭두렁에 떨어졌던 것으로 보입니다만…… 확실한 것은…… 아직……"

동생뻘 되는 젊은 군수 앞에서 면장은 평소와는 달리 말을 더듬거렸다. 지방 방송국 기자들은 면장의 얼굴 앞에 카메라를 들이대며 어디에 쓰려는지 알 수는 없으나 아마 백 번씩은 셔터를 눌러댔을 것이다. 그것 때문에 사뭇 긴장하는 것 같았다.

면장은 군수의 지역 고등학교 하늘 같은 동문 선배였다. 면장을 보기가 안쓰러웠던지 군수는 소방대장을 돌아보며

"아무래도 자리가 자리인 만큼…… 이런 일이라면 전문가이신 소방대장님께서 정리를 해 주셔야 되겠습니다. 방송도 나갈 것이니…… 정확한 정보를……"

하며 기자들에게 어서 받아 적으라는 시늉을 했다.

카메라가 일제히 소방대장을 향했고 한동안 셔터 소리가 요란했다.

"봄인지라 건조한 관계로 나무나 풀들이 워낙 바짝 말라서 불길을 초기에 잡을 수가 없었습니다. 군부대나 지역 기관에서 물심양면으로 지원을 아끼지 않으셨으나 바람 때문에 그만…… 피해 면적은 대략 10정은 되지 않나 싶습니다만…… 발화시간이나 장소는 아까 면장님께서 말씀드린 대로입니다만 이 또한 정밀 감식과 조사가 뒤따라야 될 것입니다. 다만 인명피해가 없었다는 점! 불행 중 다행이라면 다행입니다."

소방대장은 새로울 것도 없는 내용을 장황하게 되풀이하였다. 텔레비전 방송을 의식하는 듯했다. 브리핑은 싱겁게 끝났다. 바짝 긴장한 척하며 경쟁이라도 하는 양 소방대장 곁으로 다가섰던 기자들이 슬금슬금 뒤로 물러나 자기들끼리 키득거리며 자동차에 올랐다.

상황설명이 종료될 즈음에

"사람이 죽었어요!"

하며 마을에 사는 아주머니가 헐떡이며 브리핑 장으로 뛰어 들어왔다.

모든 시선이 그녀에게로 집중되었다. 자동차에 시동을 걸던 기자들도 황급히 달려왔다.

"사람이 죽었다고요? 어디에? 봤어요?"

"예, 사람이 글쎄 복날 개 끄슬린 것처럼 숯덩이가 되어 죽어 있더라니까."

"아주머니가 직접 봤어요?"

"그래요. 이 내 두 눈으로 똑똑히 봤다니까요. 아유, 흉측해!"

경찰서장은 아주머니를 다그쳤다.

"아주머니, 어디에요? 가 봅시다."

서장은 아주머니를 앞세우고 산비탈을 올라가기 시작했다.

우르르 사람들이 그 뒤를 따랐다.

한참을 오르자 아주머니가 걸음을 멈추고 심호흡을 깊게 하더니

"저기 뵈는 넓적한 바위 아래에 시체가 있었어요."

하며 능선에서 골짜기로 내려가는 곳에 있는 커다란 바위를 가리켰다.

"틀림없지요?"

서장은 무슨 확인이라도 받아둘 것처럼 다시 물었고, 아주머니는 고개를 끄덕였다. 서장을 비롯한 사람들이 무슨 경기라도 하듯 앞서거니 뒤서거니 바위 쪽으로 내달았다. 과연 거기에는 사람이라고는 상상도 할 수 없으리만치 처참하게 숯덩이로 타버린 시체가 있었다. 사람들은 호기심에 시체를 한 번 쳐다보고는 고개를 돌렸다. 다시는 보고 싶지 않았던 것이다. 그 누구도 입을 여는 사람은 없었다. 웅크린 숯덩이가 과연 사람의 시체일까 하는 생각마저 들 정도였다.

숯덩이로 남은 사람의 시체가 이토록 작을 수 있을까. 작은 들짐승 크기에 지나지 않았다. 서장은 주위를 둘러보더니 타다 남은 나뭇가지를 주워들고 숯덩이를 이리저리 들썩이며 살펴보았다. 한참을 뒤적거리던 서장이 무엇인가를 발견한 듯

"아니 이것은……?"

하며 시체의 목에 걸려있는 것을 엄지와 검지로 가볍게 들어보였다.

"군번 패가 아녀요? 맞아, 맞아. 군번입니다!"

기자들은 카메라 들이대기에 분주했다. 잡아 놓은 먹잇감에 달려들어 먹이 다툼을 벌이는 사자들 같았다. 형체를 알 수 없는 얼굴 윤곽, 마른 나무가 불에 타다 만 것 같은 팔과 다리, 오그라진 손가락들…… 기

자들은 카메라를 줌 인하며 셔터를 눌러댔다. 심지어는 사타구니까지 벌리며…….

서장이 보다 못해 순경들을 향하여 크게 소리쳤다.

"현장을 잘 보전하란 말이야. 시체가 훼손되지 않도록 잘 감시해! 그리고…… 군번을 따서 신원을 조회하도록. 빨리!"

그제서 기자들은 한발 물러섰다.

"신원파악이 얼마나 걸리겠습니까?"

기자의 질문에 서장은 짜증이 났다.

"사람이 죽었어요. 결과가 나오는 대로 알려드리겠습니다. 기다리세요."

서장은 어딘가로 전화를 주고받는 사이사이 순경들에게 현장을 잘 유지하라는 지시를 하고 하산했다. 사람들은 고개를 살래살래 흔들며 서장의 뒤를 따라 산을 내려갔다.

3

산 아래 가까운 마을회관에 사고수습대책본부가 마련되었다.

군수와 면장 등은 일이 있다면서 돌아갔고, 서장은 회관에 이장이 주로 사용하는 방에 되는대로 책상 하나를 정해놓고 노트북을 올려놓았다. 회관 마당에 주민들이 모여 웅성거리는 소리가 창으로 들려왔다.

"내가 볼 때 아무래도 죽은 이가 황 씨 같아."

"그이가 살던 집도 다 타버렸더군 그래."

"요새도 그이가 그 집에 살고 있기나 했나?

"그런데 말이여. 그이가 살던 집하고 시체가 있는 곳하고는 상당히 떨어져 있는데…… 왜 그이가 거기서 죽었을까?"

제각기 생각나는 대로 한마디씩 했다.

시체의 신원은 채 30분이 안 되어 확인되었다. 군번으로 검색한 결과는 대략 다음과 같았다.

성명 황상식
1948년 6월 ○○일생
1972년 5월 ○○일 육군 병장 전역
베트남전 파병 근무

노트북에 뜬 신원조회 결과를 훑어보던 서장은 혼자 중얼거렸다.
"파월 장병이었었군. 황상식이라…… 그래 황 씨가 틀림없군!"

서장이 회관 마당가 나무그늘에 앉아있는 사람들 곁으로 다가가자 모두 자리에서 일어나 고개를 주억거리며 말을 걸어왔다.
"서장님, 수고가 많으십니다."
"그나저나 주민들께서 애 많이 쓰셨습니다."
"저희들이야 뭐……"
서장은 황 씨에 대해 좀 더 알고 싶었다.
"아까 누가 그러시던데…… 돌아가신 분이 황 씨 같다고…… 그분을 잘 아는 분 안 계세요?"
사람들은 일제히 정자나무에 기대 앉아 담배를 피우고 있는 한 초로의 사내를 바라보았다. 사내는 주위의 웅성거리는 사람들과는 아무런 관계도 없는 것처럼 다른 이들과 섞이질 않고 홀로 자리를 하고 있었다.
서장은 사내 곁에 쪼그리고 앉아

"피곤하시죠?"

하며 넌지시 말을 붙였다.

사내는 서장을 힐끗 쳐다보더니 아무런 대꾸도 없이 피우던 담배를 계속 피웠다.

"돌아가신 분이 황 씨가 맞죠? 어르신은 고인과 평소에 각별하셨다던데……"

사내는 서장의 묻는 말에는 전혀 신경을 쓰지 않는 듯했다.

"고인에 대해 아시는 것이 있으시면 한 마디 해주시죠."

"그냥 그런 사이지 각별하기는 뭘……"

사내는 시큰둥하니 말을 하고 싶지 않은 눈치였다.

"그래도 다른 분들하고는 달리…… 아시는 것이 있으시면 좀…… "

"난 그이 잘 몰라요. 괜히 사람들이 하는 소리지."

사내는 말을 아끼는 것인지 아니면, 하고 싶지 않은 것인지 쉽게 입을 열지 않았다. 가끔 허탈한 표정으로 불에 타버린 까만 산을 바라볼 뿐이었다. 주민들은 못자리를 해야겠다는 둥 이런저런 핑계를 대고 하나 둘 돌아가고 아주 늙은 노인 몇이 회관을 하릴없이 들락거렸다. 간혹 순경들이 황급히 달려와 휴대전화에 뜬 문자 메시지를 서장 눈앞에 바짝 들이대면 서징은 눈을 깜빡이며 내용을 훑어본 후 알았다는 뜻으로 고개를 끄덕였고, 순경은 거수경례를 하고는 쪼르르 돌아갔다.

"사소한 것이라도 좋습니다. 어르신이 아시는 대로 말씀해 주시죠. 네?"

어린애 보채듯 서장은 졸랐다. 서장을 물끄러미 쳐다보던 사내는

"황 씨. 황상식, 그 사람은 아팠어요. 환자였죠."

"그래요? 어디가……"

"몸도 성한 데가 없었지만 그보다도 마음에 상처가 깊었었죠."

"아 그랬었군요. 가족들은…… 함께 살지 않았나보죠?"

"예, 혼자 예 와서 살았죠."

"그런 환자가 혼자 살다니…… 그래 가족들이 어디에 산다는 말은 들으셨어요?"

서장은 우선 고인의 유족을 찾아야 되겠다는 생각이 들었다.

"가족들은 어디에 살지요?"

"가족요?"

"예, 가족. 부인이나 자식들이…… 혹시 아시면 말씀해 주시죠. 매우 중요하거든요."

사내는 빤히 서장 얼굴을 바라본 후

"다 떠났답디다."

하고 깊은 한숨을 몰아쉬었다.

"떠나다니요?"

"세상이 그렇잖아요? 사람이 늙어 돈 없고 병들면…… 마누라도 새끼들도……"

"아, 떠났다는 말씀은 가족들이 집을 나갔다는 말씀이군요?"

"가족들이 집을 나갔는지 본인 스스로 집을 나왔는지 아무튼 혼자 여기 산에 기어들었죠."

서장은 유족을 찾을 일이 쉽지는 않겠다는 생각이 들었다.

마을 부녀회장이 경찰들이 수고한다며 소주 몇 병과 안주거리를 건네주고 돌아갔다.

사내는 서장에게 잔을 건네며 혼자 하는 말처럼

"황 씨, 그 사람 참 딱한 사람이었어요."

하고는 피식 웃더니 안주도 없이 강소주 한 병을 꿀꺽꿀꺽 들이마셨다.

나발 술 마시는 것을 멍하니 바라보는 서장에게

"서장님, 황 씨 얘기 한 번 들어 보겠소?"

하며 사내는 주머니에서 담배를 꺼내 물었다.

4

담배연기 한 모금을 깊게 들이마신 사내는

"한 대 피시겠소?"

하며 담뱃갑을 서장 앞으로 디밀었다.

"고맙습니다만 전 끊었습니다. 어르신은 담배를 즐겨 피우시나 봐요?"

사내는 빙그레 웃는 것으로 대답을 하더니

"마누라가 담배 끊으라고 자못 성화이긴 한데……"

하며 조금은 쑥스런 표정을 지었다.

"그래, 고인과는 그러니까 황상식 씨와는 언제부터 알고 지내셨어요?"

"나도 이곳 본토배기는 아니요. 원래는 나도 촌놈인데 도회지에서 살다가…… 살다가 지쳤다고나 할까? 도회지가 지겨워졌다고나 할까? 뭐 그래서 이곳에 내려와 정착했죠. 근 이십 년 됐나? 물 좋고 공기 좋다고 호사스런 생각으로 들어 온 섯은 아니고…… 그저 어쩌다 보니 그렇게 됐죠. 황 씨…… 그이도 나와 비슷했어요. 그이를 만난 지는 오륙 년 될 걸?"

서장은 직업상 버릇인지 작은 노트를 펴 놓고 무엇인가를 적고 있었다.

"그러니까 황상식 그분과 처음 만난 것은 그분이 이곳에 오실 때가 되겠군요?"

"그래요. 그때가 처음이었죠. 그런데 그이를 보고 사람들은 모두 오해를 했었지."

"무슨 오해를……?"

"그도 그럴 것이…… 나이도 들 만큼 든 사람이 얼룩무늬 군복을 입고 더블백을 둘러메고는 우산이나 비옷도 없이 그 비를 쫄딱 맞으며…… 그날은 아침부터 하루 종일 비가 왔거든. 비를 맞으며 저 마당에 서 있는 정자나무 밑에 서서 군가를 부르는 거야. 그것도 아주 큰 소리로 씩씩하게. 사람들 중에 어떤 이는 저 사람은 아마 간첩일지도 모른다며 유심히 살펴보기도 하고, 또 어떤 이는 틀림없이 현역 군인인데 군대 작전 때문에 파견되어 왔을 것이라는 둥 말이 많았었지.

그때도 봄이었지. 비 오는 날이라 날이 일찍 저물어 어둑어둑한데 그이는 꼿꼿한 자세로 그냥 그 자리에 서있는 거야. 떠날 생각도 않고. 이장이 보다보다 못해 어디서 왔느냐고 물어도 대답은 하지 않고 노코멘트! 노코멘트! 하며 말을 하지 않았죠. 동네 사람들은 지서에 신고를 해야 된다, 조금만 더 지켜보자는 둥 옥신각신 했어요. 마침 굵은 비가 쏟아지는 바람에 사람들이 회관 안으로 들어갔는데…… 잠시 후에 나와 보니 그이가 종적을 감춘거야. 사람들은 그것 봐라, 그럴 줄 알았다, 다 잡은 간첩을 놓쳤다, 보상금이 얼만데, 그 돈을 마을 공동자금으로 쓰면 얼마나 좋았겠느냐 하며 아쉬워하기도 했죠."

사내는 잠시 말을 멈추고 소주병을 따서 종이컵에 따라 한 모금 마시더니 그때 일이 회상되었는지 씁쓰레 웃었다.

"그런 일이 있었군요. 그래 신고는 했었나요?"

"신고는 무슨…… 비도 오고 그냥 흐지부지되고 말았죠 뭐."

"어르신은 그 뒤 황 씨를 언제 또 만나셨어요?"

"그런 일이 있고서 한 보름 지났나? 진달래가 흐드러지게 핀 날이었죠. 난 산나물이나 좀 뜯으려고 달맞이산에 올랐는데 글쎄 그이가 산지기가 살던 빈집에 있는 거요."

"산지기 집에요?"

"산이 원래는 구면장(舊面長)네 산이었죠. 지금은 구면장네 가세가 몰락하는 바람에 다른 사람에게 넘어갔지만…… 산을 관리하는 산지기가 있었거든. 그 산지기가 살던 집인데 그 산지기가 애들 교육시킨다면서 도회지로 떠나고는 산지기 할 사람을 구하지 못해 집이 오랫동안 비었었죠. 누가 요새 산지기할 사람이 있어? 그 사람을 거기서 만났는데 한편 놀랍기도 하고 또 구면이라고 글쎄 반갑기도 하더라니까. 그런데, 그런데 말이요. 그이가 또 이상한 짓을 하는 거요. 달리 생각하면 이상한 짓도 아니지만."

"어떤 행동을 하셨기에……?"

"하, 하, 고인이 된 사람에게는 미안한 말이지만, 아 글쎄 미친 사람 같더라니까."

"왜요? 또 군가를 부르던가요?"

"아니, 빨래를 하고 있었어요."

"빨래를 하는 것이 뭐 이상할 게 있나요?"

"아 글쎄. 빨래를 하는데 말이요. 지금도 그때 일을 생각하면 난 참 기가 막혀서……. 빨래를 하는데 옷을 홀랑 벗고 삼각팬티만 걸치고 하더란 말이요. 하, 하, 하. 정신이 온전한 사람으로 보이겠소? 서장님은 어떻게 생각되시오?"

"여벌옷이 없었던 게지요."

"그런데 그게 아니었죠. 간단히 수인사를 하고나서 그 집 쪽마루를 보니 거기엔 몇 벌의 옷들이 각(角)진 상태로 정갈하게 놓여 있었어요. 그래서 내가 춥지도 않느냐, 왜 옷을 벗고 빨래를 하느냐 하고 물었더니 그이 왈, 저 옷은 내 옷이 아니다. 전사한 졸병이 죽으면서 저 옷을 고향에 계신 어머니께 꼭 전해달라고 유언을 했기 때문에 보관 중이라는 말을 하는 거였어요. 듣는 순간 아하 문제가 심각하구나 하고 생각하게 되었죠."

"정신적으로 문제가 있었군요?"

"그런 거 같았어요."

"평상시에도 그랬나요? 특별히 이상한 행동을 한다거나……"

"늘 그렇지는 않았죠."

서장은 사내가 말하는 사이사이 노트에 무엇인가를 부지런히 계속 적고 있었다.

사내는 잠시 말을 멈추고 무엇인가를 골똘히 생각한 끝에

"그이는 정신적으로도 이상했었지만…… 그보다도……"

"왜 그분이 또 무슨 해괴한 행동을 보였었나요?"

"그게 아니라…… 그이 몸뚱이가……"

사내는 얼굴을 찌푸리며 몸서리치는 시늉을 했다.

"……?"

서장은 사내의 입에서 무슨 말이 새어나올까 하여 똑바로 바라보았다.

"황 씨의 몸은 흉측했어요. 숱한 흉터에다 여기저기 진물이 찌걱거리는 피부병이 심했죠."

"흉터에 피부병이라…… 몸도 성치가 않았었군요."

"예. 그런데도 그이는 빨래를 마치자 주섬주섬 옷을 입더니 정색을 하며 황상식이라 합니다, 앞으로 잘 부탁합니다, 아무래도 나이는 나보다 연상 같으니 형님으로 모시리다 하며 너스레를 떨면서 커피를 끓여 주더라고요. 나이는 동갑이었지만 내가 겉늙어서 그런지 댓살은 위이

것처럼 보였죠…… 우린 금방 친해졌어요."

"가족 얘기는 안하시던가요?"

"그때는 내가 물어보지도 않았지만…… 그렇잖소? 이곳까지 홀로 들어온 사람이 가정이 변변하랴 싶어 묻질 않았었죠. 그 후로 얼마 동안은 그이도 가정, 가족에 대해서는 일체 말이 없었고……"

사내는 종이컵 술잔에 반쯤 남았던 소주를 입에 홀짝 털어 넣고는 쥐치포를 찢어 질겅질겅 씹었다.

회관 창으로 내다보이는 나무 밑에 아이들이 네댓 몰려왔다. 아이들은 지역 여고생 교복을 입고 있었다. 사내는 그들을 잘 알고 있는 듯했다.

"너희들은 웬일이냐? 학교는 어떻게 하고?"

"아저씨 안녕하세요? 오늘은 토요일이잖아요?"

"그런가? 학교 파했으면 집으로 돌아갈 일이지 여긴 웬일들이라?"

"토이 아빠가 산불로 돌아가셨다는 소식을 학교에서 들었어요. 그래-서……"

서장이 자리에서 벌떡 일어섰다.

"토이 아빠가 누구죠? 어르신, 혹시 황 씨? 그런가요?"

"그렇수, 황 씨."

"아니 그럼, 황 씨에게 토이라는 자식이 있었어요?"

서장은 쉴 틈 없이 질문을 해댔다.

"그래요. 황 씨에겐 토이라는 딸이 하나 있죠. 피붙이는 아니고…… 베트남에서 이곳으로 시집온 여인이 한국에 올 때 데리고 온 딸이죠. 지금은 이곳 고등학교에 다니는 학생인데, 바로 저기 저 애, 저 학생입니다."

서장은 사내가 가리키는 학생을 쉽게 알아볼 수 있었다. 토이는 약간 왜소한 체구에 눈이 좀 크다는 것 이외는 별로 특이한 점을 들 수 없었으나 직감으로 어딘지 모르게 느낌이 달라보였다.

"그런데 왜 황 씨를 아빠라고 부르죠?"

"사연이 좀 길어요. 궁금하시면 서장님이 직접 한번 물어보시던지⋯⋯."

서장은 토이에게 다가갔다.

토이의 눈은 붉게 충혈되어 있었다.

"네가 토이구나?"

자세한 사정은 알 수 없었으나 서장은 토이가 안쓰러워보였다.

토이는 고개만 끄덕였다.

5

황 씨의 장례는 면장의 주례로 간소하게 치렀다. 연고자를 수소문했지만 허사였다. 이미 시신은 형체를 식별하기 불가할 정도였기에 훗날의 증빙을 위해 디엔에이(DNA)를 떠놓고, 불타버린 그가 살던 집 마당에서 화장하여 산에 뿌리는 것으로 마쳤다.

오직 토이만이 혼자 훌쩍이며 그 일들을 끝까지 지켜봤다.

산불사고수습대책본부는 거창한 이름과는 걸맞지 않게 관계자들만 부산떨었지 흐지부지 철수하고 말았다. 봄철에 빈번히 발생하는 산불은 예방이 최선책이라는 평범한 대책만 남겼고, 면에서 선발한 산불예방대원이 오토바이를 타고 부락을 돌며 확성기로 구호를 외쳐댔다.

불이 휩쓸고 지나간 달맞이산은 그야말로 볼썽사나웠다.

봄이면 진달래꽃, 산 벚꽃나무 꽃을 비롯한 갖은 꽃들이 바라보기만 해도 푸근하고 보기 좋았었는데, 을씨년스럽고 황량하기만 했다. 이곳 사람들에게 달맞이산은 고향 바로 그것이었다. 그렇기에 더욱 허전하고 마음 한구석에 커다란 구멍이 뚫린 심정이었다. 봄이 되었으나 봄을 느끼지 못하고 검게 타버린 산자락처럼 마음들이 어둡기만 했다. 들에 나가 하루 종일 일하고 고단한 몸으로 집에 들어가는 길에서도 푸른 산을 바라볼 때는 '네 수고를 내 안다' 하는 위로를 받곤 했었다. 산은 그렇게 말하는 것 같았다. 그러나 지금은 새들도 날아들지 않았다.

경찰서장은 출퇴근길에 검게 타버린 달맞이산 밑을 지나칠 때마다 토이를 떠올리곤 했다. 매일 격무에 시달리다 보니, 토이를 한번 만나봐야 되겠다고 생각은 하면서도 시간을 내지 못하고 훌쩍 여름이 되고 말았다. 서장은 일부러 틈을 내어 토이가 다니는 고등학교를 찾았다. 학생들이 수업을 마치고 하교할 즈음에 도착하여 교장실에 들렀다.

"아이고— 서장님께서 우리학교엘 다 오시고. 어서 오세요."

곧 정년을 앞둔 교장은 예의바르게 인사를 하며 의자를 권하고는 커피를 대접하겠다며 전기 포트에 물을 준비하였다.

"서장님도 우리학교가 모교시죠?"

교장은 전부터 잘 알고 있는 질문을 했다.

"예, 그렇습니다. 고등학교는 우리 군(郡)에 하나 밖에 없었으니까요."

"그래도 서장님은 수재로 널리 알려진 분인데 도시학교로 가지 않고 시골학교를 다니신 것은……"

"별 말씀을 다 하십니다. 수재는 무슨……"

"아니지요. 아무튼 우리학교 학생들은 서장님을 롤모델 삼아 열심히 공부하지요. 다들 존경하는 인물로 서장님을 듭니다."

"듣기에 민망합니다. 교장선생님."

커피 잔을 앞에 놓고 두 사람은 마주 앉았다.

"그래, 바쁘신 서장님이 학교를 방문하신 것은 그냥 오신 것은 아닐 테고…… 무슨 용건으로……"

"아—예. 제가 오늘 여기에 온 것은 다름 아니라, 토이라는 학생을 좀 만나보려고 왔습니다."

"토이요? 베트남에서 온 토이를 말씀하시는군요?"

전교생이라야 백여 명 밖에 되지 않기 때문에 교장은 학생 하나하나를 잘 알고 있었다.

"예, 맞습니다. 베트남에서 온 학생으로 알고 있습니다."

"왜 토이가 무슨 일이라도……?"

교장은 약간 긴장하는 것 같았다. 선생들은 누가 학생을 지목하여 찾거나 하면 긴장하는 습관이 있다. 아마 그것은 제자들을 보호하려는 본능이거나 애정에서 비롯된 것일지도 모른다.

"아, 아닙니다."

"그럼……?"

"그 학생에게 몇 가지 물어볼 일이 있어서요. 왜 지난봄에 달맞이산 산불 때, 소사한 황상식씨와 토이 학생과의 관계를 좀 알아보고 싶어서 그럽니다."

교장은 그제서 안심이 된 듯 환한 얼굴이 되었다. 평생 교직자로서 살아온 그였다. 얼마 남지 않은 정년을 아무런 탈 없이 교직을 마무리하고 싶은 것이 바람인 것 같았다.

"아—그러시구나! 난 또……"

교장은 가벼운 음성으로 핸드폰을 꺼내 담임에게 토이를 교장실로 보내라는 당부를 했다.

서장은 토이와 등나무 꽃이 치렁치렁 늘어진 운동장가에 놓인 나무의
자에 앉았다. 학생들이 하교를 한 텅 빈 교정은 고요했다. 학교 특유의
안온한 느낌이었다. 서장은 학창시절의 애틋한 정감을 떠올리며 등나무
꽃을 바라보았다. 한창 만발한 보라색 등나무 꽃은 그때나 지금이나 다
름이 없었다. 친구들과 얼마나 많은 얘기를 나누었던가. 장래에 대한 포
부와 희망을 그려보며 우정을 쌓았던 친구들의 얼굴과 이름들이 어렴풋
이 떠올랐다. 철없을 때가 가장 좋았었다고 생각되어 빙그레 웃었다.

서장이 웃자 서장의 얼굴을 쳐다보고 앉아있던 토이도 미소를 지었
다. 가지런한 잇속이 예뻤다. 크고 맑은 눈은 한국 사람들에게는 흔치않
은 이국 동남아인의 특징일 것이었다.

"토이, 몇 학년이지?"

"이 학년입니다."

토이는 그 말을 하면서 또 미소를 지었다. 짤막한 한마디 말이었지만,
고르지 못한 억양 때문에 금방 이국인이라는 것을 짐작할 수는 있었지
만 토이는 우리말이 정확했다.

"그래? 한국에는 언제 왔지?"

"구 년 되었습니다."

"그럼 한국에서 초등학교와 중학교를 졸업하고, 그리고 지금 고등학
교를 다니는구나?"

"네, 초등학교는 베트남에서 학교를 다니지 못했었기 때문에 여기서
검정고시를 치른 후 중 학교에 바로 입학했어요. 그래서 초등학교는 여
기서 다니지 못했습니다."

"그랬었구나. 지금 학교생활 하는 데 불편한 점은 없고?"

"네. 없습니다. 재미있고 또 행복합니다."

"그래?"

서장은 토이를 돌아봤다. 행복하다고 말하는 토이의 얼굴은 정말 행복해 보였다. 행복하다는 말을 스스럼없이 하는 토이를 서장은 물끄러미 바라보았다. 토이는 또 미소를 지었다.

"토이는 무엇이 가장 행복하다고 생각하지?"

서장이 묻는 말에 대답은 하지 않고 잠시 미소만 짓던 토이는

"친구들이 있어요. 그래서 행복해요."

하며 하얀 잇속을 드러내며 밝게 웃었다.

"친구들이 잘 대해주는가 보지?"

"예. 좋은 사람들입니다. 모두 착해요."

토이는 그동안 많은 어려움과 상처가 없지 않았을 것으로 짐작되는데도 불구하고 얼굴이 너무 밝았고, 마음이 맑고 따뜻해 보였다.

서장은 난감했다. 마냥 행복해하는 토이에게 황 씨와의 관계를 묻기가 어려웠다. 친구가 있어 행복해하는 사람에게 더 무엇을 물어볼 수 있단 말인가. 황 씨 얘기를 꺼낸다면 오히려 마음에 묻어둔 상처를 들추는 것은 아닐까 하는 염려가 앞섰다.

토이는 만지작거리던 핸드폰을 열어 누군가에게 전화를 걸까 말까 망설였다.

"왜 전화하려고? 아님 전화 올 데가 있니?"

하고 묻자 토이는 살래살래 고개를 저으며 웃기만 했다.

"아니야, 전화하려면 해. 내가 너무 시간을 빼앗는가보구나. 염려 말고 어서 전화 해."

"그럼……"

246

미안해하며 서너 발짝 떨어진 곳에서 토이는 어디론가 전화를 했다. 통화내용은 알 수 없으나 대화 도중 깔깔대며 웃는 것으로 친구인 듯했다. '곧 갈게' 하며 전화를 끊는 것을 볼 때 토이가 약속시간을 지체하고 있음을 추측할 수 있었다.

"이거 미안한데? 누구 만나려고? 데이트?"

"호, 호 아니에요. 친구들이랑 산에 가기로 약속했거든요. 자전거로 금방 갈 수 있어요."

"산에?"

"예. 달맞이산에 아빠가 살던 집에 갈 거예요."

서장은 귀가 번쩍 열렸다.

"달맞이산……? 아빠가 살던 집?"

"예. 거기서 친구들이랑 하는 일이 있거든요."

"무슨 일인데?"

토이는 눈을 깜빡이며 미소만 지을 뿐 말을 하지 않았다.

"비밀이니?"

"비밀은 아니에요. 지금은…… 좀……"

서장은 몹시 궁금했다. 장 씨와 토이의 관계에 대해 알아보고 싶었던 것이 자연스럽게 풀릴 수도 있겠구나 하는 생각이 들어

"비밀도 아니라고 했고…… 그럼 출발할까? 나 때문에 늦었으니 내 차로 모셔다 드리지."

하며 토이의 대답을 듣지도 않은 채 서장은 앞장섰다. 토이는 한사코 사양했으나 서장은 좋은 기회를 놓치고 싶지 않았다. 토이의 자전거를 빼앗다시피 건네받아 승용차 트렁크에 실었다. 승용차는 마을을 지나 비포장 산길을 얼마큼 오르다 더는 오를 수 없어 멈추었다.

산은 계절이 바뀌어도 검게 탄 모습 그대로였다. 그래도 골짜기에서 물이 졸졸 흐르고 있어 산이 살아있구나 싶었다. 불에 탄 검고 앙상한 나무들을 벌목하는 작업이 산 아래부터 시작되고 있는 게 보였다. 서장과 함께 산길을 걷는 토이는 말을 거의 하지 않았다. 서장은 뒤따라오는 토이를 힐끗 돌아보았다.

"좀 그렇지? 산에는 푸른 나무와 풀들이 우거지고 새소리도 들려야 제맛인데······"

토이는 교정에서 얘기를 나누던 모습과는 달리 좀처럼 입을 열지 않았다.

"토이, 너는 여길 자주 왔었겠구나?"

"예. 아빠와 함께 자주 이 길을 걸었어요. 그땐 아빠가 예쁜 꽃도 꺾어주시고 했었는데······"

토이는 걸음을 멈추고 을씨년스런 산을 천천히 아주 천천히 둘러보았다.

서장은 안타까운 마음을 주체할 수 없었다. 코끝이 싸했다.

6

황 씨가 살던 집은 검게 타버린 잔해만 어수선하게 널브러진 채 방치되어 있었다.

토이 친구들 여학생 세 명과 담임으로 보이는 앳된 여선생이 이미 도착하여 토이를 기다리고 있었다. 아이들 덩치가 커서 그런지 선생은 오히려 왜소하게 보였다. 선생과 학생들은 환한 얼굴로 토이를 맞이하였다.

"어서 와 토이-!"

"미안! 많이 늦었지? 그리고 이분은 경찰서장님이셔. 인사드려."

경찰서장이라고 소개하자 선생이나 학생들은 눈을 휘둥그레 가지고

"서장님?

하며 놀라는 표정이었다.

"안녕하십니까? 토이가 소개한 대로 경찰서장입니다."

사복을 입었으나 서장은 버릇처럼 거수경례를 하자

"서장님 안녕하세요?

하며 선생과 학생들은 인사를 하면서도 키득키득 웃었다. 모두 발랄하고 밝은 표정이라서 서장은 한결 마음이 가벼워졌다. 서장은 토이의 마음을 열어주고 싶었다.

"토이가 나 때문에 약속 시간에 늦었다면서 어찌나 떼를 쓰며 승용차로 모시라고 하는지 할 수 없이 내가 여기까지 모시고 왔습니다. 하, 하, 하."

"와아—! 토이가 그랬어?"

토이는 고개를 도리질하며 두 손을 흔들어 부인했다.

"아니야, 아니야! 서장님께서 괜히…… 농담하시는 거야."

토이는 서장을 향해 밉지 않게 눈을 흘겼다.

"저것 보세요. 저 눈! 어이 무서워. '나는 공주다. 서장 기사양반 운전 잘 해!' 하며 어찌나 엄포를 놓던지…… 긴장되어 혼났습니다."

서장이 능청을 떨자 토이는 얼굴이 빨개가지고 서장에게 달려들어 서장의 등을 주먹으로 때리는 시늉을 했고, 선생과 학생들은 허리를 잡고 깔깔대며 한바탕 웃었다.

현장에는 토이가 말한 것과는 달리 아무런 일한 흔적이 보이지 않았다.

"선생님, 토이는 이곳에서 학생들이 하는 일이 있다고 하던데…… 아

무엇도 보이지 않네요?"

선생은 밉지 않은 덧니를 드러내며 빙그레 웃더니

"그래요. 지금은 앞으로 할 일을 구상하고 있어요. 저는 단지 미술과목 선생이라서 학생들 성화에 못 이겨 따라다닐 뿐이구요. 저기 뵈는 반쯤 타다 만 온실을 손질할까 생각하고 있는데…… 모두 여학생들이라 엄두를 내지 못하고 있어요."

선생이 가리키는 쪽에는 과연 헛간 비슷한 것이 검게 그을린 채 있었다. 몇 번 현장을 다녀갔지만 눈여겨보질 않았기 때문에 그런 것이 있기나 했던가 싶었다.

"저게 황 씨가 관리해오던 온실인가요?"

서장은 그쪽을 향해 걸음을 옮겼다.

지붕을 덮었던 보온 덮개와 비닐 등은 모두 탔거나 까맣게 녹아 흘러내린 흔적이 있었다. 출입문으로 짐작되는 쪽에 '들꽃들의 천국'이라고 쓴 양철 팻말이 검게 그을린 채 가느다란 철사에 대롱대롱 매달려 있었다.

"천국이 바로 지옥이 되었군!"

하며 서장은 팻말을 바라보았다.

"토이가 쓴 거예요."

학생 중 누군가가 일러주었다. 그 말을 듣고 서장이 토이를 바라보자, 조금은 아쉬운 듯 미소를 지었다. 웃고는 있었지만 누가 건드리면 곧 울어버릴 얼굴이었다. 서장은 얼른 고개를 돌렸다. 열 평 됨직한 온실 안에는 크고 작은 화분들이 가지런히 넓적한 돌 위에 놓여 있고, 철제 선반 위에도 플라스틱 화분들이 화기에 녹아내리다 멈춘 모양 그대로였다. 풀이나 꽃들은 흔적도 찾아 볼 수 없었다.

"선생님, 이 온실을 어떻게 하시려고요?"

250

"애들 말로는 온실을 다시 세워보자는 거예요. 서장님, 아무래도 어렵겠지요?"

선생은 얼굴을 찌푸렸다.

"글쎄요. 건물이 거의 소실되었으니…… 새로 짓는다면 몰라도…… 수리하는 일이 새로 짓는 것보다 더 힘들다 하데요. 돈도 더 들고……"

"어렵겠지요? 애들이 괜한 욕심을 내는 것은 아닌지 모르겠어요."

"건물은 수리하든 새로 세우든 다시 할 수는 있겠지요."

경관이 좋고 사람들이 드나들기에 접근성이 좋다면 몰라도 풀 한 포기 나무 한 그루 온전한 것이 하나도 없고, 빗물에 씻겨 내린 검은 재가 뒤덮인 이곳에 온실을 다시 세우겠다는 생각 자체가 무리인지도 모르겠다고 선생은 생각하는 모양이었다.

"학생들이 하는 일이니 그냥 두고 보시지요 뭐. 선생님께 뭔가 손 내밀 때까지는……"

"하도 엄두가 나질 않아서 그래요. 제가 너무 부정적일까요? 서장님."

"하, 하 아닙니다. 그러실 수밖에요. 선생님. 혹시 아시나 해서 여쭙는 건데……"

"무슨 말씀이신데요?"

선생은 해맑은 얼굴로 서장을 바라보았다.

"다른 것이 아니라…… 에- 이곳에 기거하시다 돌아가신 황상식 씨란 분을 토이가 어째서 아빠라고 부르게 되었는지……. 친딸은 아니라고 들었습니다만…… 혹시 아세요?"

"아- 예-."

선생은 말하는 것을 주저하였다.

"아신다면…… 좀……"

"글쎄요. 제가 말씀드리는 것보다는…… 토이에게 프라이버시도 있겠고…… 서장님, 서장님께서 토이에게 직접 물어보시는 것이……"

선생은 완곡하게 사양했다.

"그럼, 그럴까요?"

서장은 더 이상 묻지 않는 것이 좋겠다고 생각했다.

저쪽으로 몰려갔던 학생들이 서장 곁으로 다시 돌아왔다. 그들은 무엇이 그리 좋은지 자기들끼리 깔깔거리며 재잘댔다.

"얘들아, 뭐가 그리 좋아?"

"서장님 흉 봤어요. 호, 호."

"뭐라고? 내 흉을? 내가 경찰서장이란 걸 몰라?"

"서장님은 꼭 어린애 같으셔요. 호, 호, 호."

"한술 더 뜨네? 왜 내가 어린애 같지?"

"웃기셔요."

학생들은 입을 손으로 감추며 킥킥대고 웃었다.

"니들 서장님이 잡아가면 어쩌려고 놀리지?"

"서장님한테 잡혀가고 싶어요. 호, 호."

"그래? 나중에 후회하기 없기?"

학생들의 마음이 웬만큼은 열렸다고 서장은 생각했다.

소장은 한때 교사가 되고 싶은 생각도 한 적이 있었다. 티 없이 맑고 순수한 학생들과 미래를 얘기하며 그들에게 꿈을 심어주고 싶었었다. 매일이다시피 사건사고에 시달리다 보면 문득문득 그런 생각이 들 때가 있었다. 물론 지금의 직업에 회의를 느끼거나 특별히 불만이 있는 것은 아니다. 나름대로 사명감도 있고 보람도 크다. 그러나 늘 머릿속에 고작 흉악범의 몽타주를 떠올린다거나 어처구니없는 범죄를 저지르고 잡혀 온 이들을 볼 때는 밉다 못해 분노를 느낄 때가 많았다. 그럴 때면 한적한 시골학교 교사가 부러울 때가 있었다.

"자, 그럼 여러분들의 계획을 한번 들어 볼까요?"

온실 밖에 돌멩이를 의자삼아 둘러앉았다. 해가 기울어 산 그림자가 길게 뻗어 시원했다.

학생하나가 입을 열었다.

"이 온실은 토이 아빠께서 만드셨고 또 무척 아끼셨어요. 물론 토이와 함께. 그런데 그만…… 이렇게 되고 말았어요."

학생은 말을 하면서도 계속 토이의 표정을 살폈다. 토이는 말없이 온실 쪽을 물끄러미 바라보고 있었다.

"이곳은 달맞이산 산자락에서도 가장 아름다운 장소예요. 지금은 모두 타버렸지만 보시다시피 저렇게 굉장히 큰 나무도 많았고, 큰 바위와 또 계곡물도 늘 흐르고 있어 참 좋은 곳이지요."

선생도 맞장구를 쳤다.

"저도 이곳 학교에 부임한 후로 가끔 이곳에 와서 스케치를 하곤 했습니다. 작년 가을에 이곳 풍경을 그린 그림이 저희 학교 현관 오른쪽 벽에 걸려있어요. 큰 산은 아니시만 그림을 그리다보면 산의 힘을 느끼지요. 그림을 그리는 사람만이 느끼는 감성이랄까? 참 아깝게 되었어요. 나무들이 저렇게 크려면 정말 많은 세월이 흘러야 될 텐데……"

울창한 나무들이 산불로 잃은 것에 대해 모두 아쉬워하고 있었다. 상처는 순간에 당하지만 흉터는 오래 남는 것인가. 자연이나 사람이나 다를 것이 없을 것이라고 서장은 생각했다.

토이 곁에 앉아 있던 학생이 말을 이었다.

"얘가 말씀드린 것처럼 이곳은 아름다운 곳이에요. 비록 산불 때문에 나무들이랑 풀들은 모두 타 버렸고, 그래서 예쁜 꽃들도 볼 수 없고요. 또 새들도 다 날아가고 나비들도 없습니다. 그렇지만…… 그렇지만 바위도 그 자리에 그대로 있고, 계곡에는 맑은 물도 마르지 않고 흐르고 있어요."

서장은 놀랐다. 학생들이 참 많은 것을 보고 또 느끼고 있었구나 하는 생각이 들었다. 학생들 얼굴 하나하나를 둘러보았다. 곁에 앉아있는 토이와 눈이 마주치자 엷은 미소를 지었다.

또 다른 학생이 말했다.

"그래서 저희들은 저 온실을 다시 만들어 보려는 거예요. 토이 아빠께서 하시던 것처럼 예쁘게 꾸밀 수 있을지는 모르겠지만…… 힘닿는 대로 해보려고요……. 토이 아빠께서 말씀하셨지요. 꽃은 예쁘고 미운 꽃이 따로 없다고. 온실을 채우고 꾸미는 것은 걱정 안 해요. 산과 들에 핀 꽃을 모으기만 하면 되니까……. 건물만 다시 우리 손으로 손질하여 세우면 되거든요. 우린 할 거예요. 할 수 있어요."

서장은 마음 한구석이 먹먹했다. 학생들이 휴대전화나 만지작거리고 컴퓨터 게임에나 열중인 줄 알았는데 이토록 장한 생각들을 품고 있었구나 하고 생각하니 부끄러움마저 들었다. 토이는 슬그머니 일어나 온실 안으로 들어가 불길에 그슬린 화분들을 둘러보고 있었다. 아마 그것들 속에서 아빠와의 일들을 기억하는 듯했다.

"그리고, 토이는 우리의 친한 친구입니다. 토이를 위해서라도 꼭 하고 싶어요. 해 주고 싶어요."

온실 속 구석구석을 둘러본 토이가 돌아와 앉았다. 눈이 젖어있는 것으로 봐 운 게 틀림없었다.

"얘들아, 오늘은 해도 기울었으니 내려갈까? 체크하고 메모한 것들은 월요일 방과 후에 미술실에서 검토하기로 하자. 알았지?"

선생은 조금 서둘렀다. 학생들의 귀가시간이 늦지 않도록 배려하는 눈치였다.

"선생님께서 수고가 많으십니다. 여러 가지로 신경 쓰실 일들이 많을 것 같습니다."

"오늘은 서장님께서 오셔서 든든했습니다. 다른 날은 벌목 일하는 사람들도 있고 해서 아무래도 마음이 쓰였지요. 우리들은 모두 여자들이니까요."

"그러셨군요. 세상이 하도 어수선하니……"

선생과 학생들은 제각기 타고 온 자전거를 타고

"서장님, 토이공주는 서장님께서 모셔야 해요?"

하며 손을 흔들면서 내려갔다.

토이가 머뭇거리더니

"서장님, 제 자전거는 서장님 승용차 트렁크에 있는데……"

하고 말했다. 그제서 서장은 자전거 생각이 났다.

"우리들만 왕따가 되었네!"

하고 서장이 웃자 토이도 따라 웃었다. 정작 서장은 토이에게 아빠 얘기를 한마디도 묻지 못하고 말았다. 해가 지고 있었다. 붉은 노을빛에 토이의 얼굴이 붉게 물들어 보였다.

7

여름방학이 되어 토이와 친구들은 아예 온실 앞에 텐트를 치고 본격적으로 일을 추진했다. 텐트를 마련한 것은 밤에 잠을 자려는 의도는 아니었고 쉴만한 그늘이 없었기 때문이었다. 장마가 지나 날씨는 매일 무척 더웠다. 살인적인 더위라고 말하는 것이 엄살은 아니었다. 구슬땀을 흘리며 숯덩이가 된 기둥이며 판자들을 걷어내는 한편, 흙으로 빚어진 화분들은 흙을 비우고 말끔히 정리하였다. 얼굴에 숯 깜장을 칠한 자신의 얼굴은 모른 채 친구의 얼굴을 바라보며 웃어댔다.

토이는 누구보다도 열심히 움직였다. 체구는 친구들보다 나약해 보였으나 힘쓰는 것을 보면 그 게 아니었다. 악바리였다. 정신력이 강한 것일까? 이마와 콧등에 흐르는 땀을 손등으로 문지르며 입을 꼭 다문 채 일하는 것을 보면 꼭 맏언니 같은 모습이었다.

벌써 사흘째다. 제법 그럴싸하니 일한 흔적이 보였다.

"이제 정리 작업은 다 된 것 같다. 일요일인 내일은 쉬고 다음 주 월요일부터는 건물을 짓는 거야. 기둥도 세우고 지붕도 올리고…… 지금까지 일한 것은 워밍업이지. 월요일부터는 단단히 각오들을 해야 할 걸!"

"문제는 목재야. 기둥감이며 판자 등이 필요한데…… 어떻게 하지?"

"벌목하는 아저씨들한테 사정해 볼까?"

"그것도 방법 중에 하나이긴 한데……"

"비닐 필름은 필요한 만큼 가게에서 사오면 되는 것이니까 별 문제 없는 거고."

"필요한 자재들이 이렇게 많을 줄은 생각도 못했어. 우리가 작성한 리스트에는 그 외에도 더 많아요. 토이 아빠께서는 언제 이런 것을 구해다 온실을 꾸미셨을까? 대단하셔!"

학생들은 일 때문에 고단하기도 했지만 앞으로 필요한 자재를 마련

할 일이 막연하여 더욱 피로하였다. 해낼 수도 없는 일을 괜히 시작했다는 후회가 되기 시작했다.

"우리가 경솔했어. 좀 더 조사하고 검토를 했어야 했는데……!"

"미술선생님 말씀을 들었어야 했는데……!"

"아니야. 뜻이 있으면 길은 있다지잖아? 미리 겁먹지 마!"

"너무 서두르는 것은 아닐까? 천천히 하면 해낼 수 있을 거야. 포기는 금물. 화이-팅!"

결국, 결론은 '화이-팅'이었다. 서로 격려하며 웃었다.

뜻밖에 서장이 토요일 오후에 학교를 찾았다. 방학 중이라 학교는 휑하니 비어 있었다. 오전에 몇몇 선생들이 나와 잔무를 처리하고 돌아간 뒤라서 학교는 조용했다. 학교는 역시 학생들이 왁자지껄하고 음악소리가 들리거나 호루라기 소리가 들려야 학교답다.

현관에 들어서자 오른쪽 벽에 걸린 커다란 그림에 눈이 갔다. 달맞이산을 그린 이 학교 미술선생의 작품이었다. 새소리와 물소리가 들리는 것만 같았다.

"아름다운 산인데……"

서장은 잠시 그림을 감상하고 서 있었다.

"안녕하세요? 서장님께서 웬일이셔요? 어서 오세요."

마침 미술선생이 계단을 내려오다 마주쳤다.

미술선생은 헐렁한 간편복을 입고 있었는데, 서장은 그만 그녀가 학생인줄 알았다.

"선생님이셨군요? 난 학생으로 착각했었습니다."

"서장님도 차-암. 그렇게 사람을 식별하지 못해서 범인은 잡으시겠어요?"

"제 잘못인가요? 선생님이 너무 소녀 같다고는 생각지 않으세요?"

구면이라서 편했다.

"토요일이지만 선생님은 나와 계실 줄 알고 왔습니다. 바쁘신데 방해를 하지나 않는지 모르겠습니다."

"아니에요. 바쁘긴요. 올 가을 국전에 초대를 받았기 때문에 준비를 하고 있는 중이에요."

"국전 초대작가이시군요?"

"워낙 게을러서 그동안 작품을 내지 않았더니…… 그냥 강제로 불러내는 거지요. 학생들과 씨름하다 보면 작품에 집중할 수가 없어요. 이젠 아예 취미생활 정도로 되어버렸어요. 선배님들이 저를 혼내려고 초대해 주셨다고 생각하고 있습니다. 고맙긴 한데……."

"행복한 푸념을 하시는 겁니까?"

"대학시절에 국전에 출품하여 입상했을 때만 해도 천하를 얻은 것처럼 기고만장했었는데…… 이젠 꼬질꼬질하게 때가 묻어서 그런지 무덤덤하니……. 달뜨고 흥분되는 게 없어요. 그저 매일매일 떠밀려 사는 기분이에요……. 내 정신 좀 봐! 제 방으로 가시지요."

선생이 안내한 방은 전에 자주 드나들던 미술실이었다. 여기저기 석고상이 널려있고, 이젤 위에는 학생들이 데생하다 놓아둔 미완성 작품들이 즐비하였다.

"이 방이 원래 이래요. 저는 깔끔한데― 호, 호, 호."

선생은 덧니를 감추려는 듯 손으로 입을 가리고 웃었다. 대개 잇속이 좋지 않았던 사람은 치아를 교정하여 가지런하고 예쁜 이를 가진 후에도 전의 습관대로 웃을 땐 입을 가리는 버릇이 몸에 배어있다. 자기의 약점을 감추고 싶기 때문일 것이다.

선생은 냉커피를 내왔다.

"날씨가 너무 더워요."

"감사합니다. 선생님은 방학인데 집에는 안가세요? 아니면 피서라도……"

"말씀드렸듯이……"

조금은 귀찮은 표정으로 이젤을 가리켰다. 그러나 빙그레 웃는 것을 볼 때 진심은 아닌 듯했다. 귀찮지만 일상에서 벗어나 모처럼 하고 싶은 일에 심취할 수 있는 것에 위로가 되는 것으로 보였다.

"토이랑 애들이 구상하고 있는 일, 온실은 지금 어떻게 추진되고 있지요? 그동안 한 번도 와보지 못해서……"

"그렇지 않아도 애들이 오전에 찾아와서 저도 같이 갔으면 했는데…… 이것 때문에 따라나서질 못했어요. 오후에나 가겠다고 말은 했는데…… 여학생들이라 어려운 점도 많은가 봐요."

"그럼 지금도 계속하고 있겠군요? 무더울 텐데……"

"조금 걱정이 되요. 전에 서장님께서 말씀해 주셨듯이 지금은 그냥 지켜만 보고 있는데…… 저러다가 애들이 쓰러지지나 않을까 해서요. 고집쟁이들! 시골학교라서 가능한 일이지요. 도회지 학교 같으면 어림도 없을 거예요."

"그럼 잘 되었습니다. 혼자 불쑥 찾아가기도 그런데…… 마침 선생님께서도 오후에는 들리시겠다고 하셨으나 같이 가실까요?"

"그럴까요?"

서장과 미술선생은 제과점에서 빵과 음료수를 사고, 노점에서 커다란 수박을 한 통 사서 차에 싣고 달맞이산을 향하여 달렸다.

짐 꾸러미를 들고 땀을 흘리며 걸어 올라오는 서장과 선생을 발견한 학생들은 좋아서 어쩔 줄 몰라 했다. 환호성을 지르고 휘파람을 불며 야단들이었다.

"내 이럴 줄 알았어! 선생님께서 서장님을 꼬셨지요? 아닌가? 혹시 서장님이 선생님을?"

"얘들 좀 봐! 꼬시기는 누가 누굴?"

선생은 아이들에게 눈을 흘기며 나무라는 시늉을 했다.

"배고프지? 어서 이것들 먹어. 선생님께서 어찌나 니들을 챙기시는지 내 지갑 텅 비었다."

"고맙습니다. 그렇지 않아도 배고파 죽는 줄 알았는데. 잘 먹겠습니다.

삽시간에 아이들은 다 먹어 치웠다.

말끔하게 정리를 하고나니 온실은 제법 널찍하게 보였다. 학생 하나가 땀투성이가 된 얼굴로

"오늘 임무는 완수했습니다. 이만 철수하려고 합니다!"

하며 서장에게 거수경례를 붙이고는 참고 있던 웃음이 터지자 이를 지켜본 모두가 깔깔대며 웃었다. 서장도

"안 돼! 수박 값은 해야지!"

하며 허허 웃었다.

서장은 말끔히 청소를 마친 현장을 둘러보았다. 학생들이 애쓴 흔적이 역력했다.

"수고들을 많이 했군! 다음 할 일은 뭐지?"

"예, 작전을 다 세웠습니다. 서장님!"

"그래? 그 작전을 한번 들어볼까?"

한참을 웃고 난 애들은 의기양양하게

"월요일부터는 기둥을 세우고 지붕을 해야 합니다. 목재가 필요한데, 그것은 도움을 받기로 했습니다."

"도움을?"

"예, 저 아래 벌목작업을 하시는 아저씨들이 도와주시기로 약속해 주셨습니다. 아무 걱정 말라고 말씀하셨습니다. 우리의 프로젝트에 감동 받았다고까지 말씀하셨습니다."

"그랬어? 그분들이?"

엉뚱하고 당찬 아이들의 설명에 선생이나 서장도 감동되었다. 설명을 듣고 있자니 서장도 보고있을 수만은 없을 것 같은 생각이 들었다.

"고마운 분들이군. 그런데…… 그런데 말이야. 내 생각인데…… 기왕 온실을 재건하는 일인데 좀 더 크게 지으면 어떨까?"

"크게요? 서장님도 차―암. 우리들을 잡으려고 그러셔요?"

아이들은 펄쩍 뛰었다.

"벌목장에서 목재도 지원해 주신다 하고 나도 조금은 도움을 줄 수 있을 것 같고……. 그러니 설계를 조금만 수정하면 되지 않을까? 어때?"

"……?!"

선생이나 학생들은 눈이 휘둥그레졌다.

"그래. 그렇게 해 보자! 아마 토이 아빠, 황 선생께서도 흐뭇해하실 거야."

자신들의 손으로 아기자기하게 온실을 꾸며보고 싶었던 일이 확대될 것에 대한 서운함과 함께 조금은 크게 꾸며질 온실에 대한 기대감이 교차하는 눈치였다.

서장은 아무래도 학교에 다시 들어가 작업을 해야겠다는 선생을 내려준 후, 토이를 차에 태우고 달맞이산 북쪽 산자락에 있는 산정호수를 향하여 차를 몰았다. 호수에는 백로, 오리, 원앙들이 한가롭게 놀고 있었

다. 호숫가 한적한 곳에 나무그늘을 찾아 자리를 잡고 앉았다. 토이는
얼떨떨한 표정으로 서장을 따라오다 눈이 마주치면 미소를 지었다.

"토이, 피곤하지?"

토이는 미소만 지었다.

서장은 한참을 망설인 끝에

"오늘은 네 얘기 좀 해 줄래?"

하며 조심스럽게 입을 열었다.

"돌아가신 황 선생님과 너와의 관계…… 그분을 아빠라고 불렀다고
하던데……"

서장은 의식적으로 토이를 바라보지 않고 호수 건너편을 바라보았
다. 토이는 말없이 풀밭에서 클로버 꽃을 하나 뜯어 들고 만지작거리기
만 했다.

8

호수 수면에 반짝이는 물결이 오후 햇살을 받아 눈부시게 반짝였다.

말이 없는 토이를 재촉할 수는 없었다. 토이가 그렇다고 침울해 하거
나 하지는 않았다.

"토이-. 네가 내키지 않으면 말을 하지 않아도 괜찮아. 난 단지 좀 궁
금해서……"

토이가 입을 열기까지는 시간이 그리 오래 걸리지는 않았다.

"서장님-."

"으응, 그래."

서장을 불러 놓고도 토이는 호수 한가운데에 시선을 고정한 채 얼마

간 망설였다.

"서장님! 서장님은 그동안 살아오시면서……. 무엇이 가장 중요하다고 생각하셨어요?"

"그–글쎄다!?"

서장은 갑작스런 토이의 질문을 받고 솔직히 다소 당황했다. 그동안 그런 것을 생각이나 하며 살았던가 하는 자괴지심마저 들었다. 매일 바쁘다는 핑계로 가족들 얼굴이나 눈여겨 본 일도 없었다. 어느 날, 훌쩍 커버린 아들 녀석의 변성기에 접어든 목소리를 듣고는 스스로 놀란 일이 있었다.

토이는 서장의 대답을 기다렸다. 아니, 서장의 대답을 기다렸다기보다는 자신을 향한 질문인지도 모를 일이었다. 서장은 토이의 생각이 알고 싶어졌다.

"내가 토이 너만큼 어렸을 때는 그런 질문 때문에 잠을 이루지 못하고 밤을 지새운 적도 있었는데…… 요즘은, 글쎄……. 감정이 메마른 것인지, 아니면 정말 바빠서 그런지 통 생각해 본 일조차 없는 것 같은데? 너는 무엇이 가장 중요하다고 생각하지?"

토이는 그 질문을 기다렸다는 듯

"사람마다 다르겠지요? 다를 거예요. 서는 가족이리고 생각해요!"

"가족? 왜 그렇게 생각하지?"

꼬리에 꼬리를 물고 생각을 더듬어가다 보면 궁금한 것도 풀리겠지 하는 생각이 들었다. 토이는 나이답지 않게 신중했다. 생각이 정리되기 전까지는 말을 아꼈다. 서장은 마음이 조급했다.

"토이, 황 선생님에 대해서 얘기 좀 해줄 수 있니? 네가 그분을 아빠라고 부르는 데는 어떤 그럴만한 이유가 있을 것 같고……. 또 아빠라면…… 가족이니까."

"……"

"말하고 싶지 않으면 하지 않아도 괜찮아."

"아니에요. 다 말씀 드릴 수 있어요."

토이는 결심한 듯 서장을 한동안 바라보더니 입을 열었다.

"5년 전이었어요. 가을이었어요. 저는 그 무렵 검정고시를 마치고 이 듬해에 중학교에 입학하게 된다는 기쁨으로 들떠 있었지요. 그런데 뜻하지 않은 일이 벌어졌어요."

토이는 그때의 일이 생생히 기억되는지 잠시 말을 멈추고 하늘을 바라보더니

"엄마와 결혼하신 새아빠께서 가을걷이로 한창 바쁘셨는데……. 그만 짐을 가득 실은 경운기를 몰고 좁은 길을 가시다가 언덕 아래로 구르는 바람에 크게 다치셨고, 병원에 갈 틈도 없이 돌아가셨어요."

하며 얼굴을 찌푸렸다.

"엄마와 저는 그때 경운기 뒤를 졸래졸래 따라가다 그 끔찍한 장면을 똑똑히 목격했어요. 우리는 한국말도 서툴고……. 어찌할 바를 알지 못해 그저 엄마와 저는 둘이 껴안고 울기밖에 할 일이 없었어요. 크게 소리치려고 해도 목에서 말이 나오질 않았었죠."

"저런– 큰 사고를 당하셨구나!"

"네. 저는 엄마가 결혼한 후 1년 뒤에 한국에 들어왔어요. 새아빠는 저를 무척이나 사랑하셨죠. 딸아이가 딸린 베트남 여자. 엄마와 결혼하신 아빠는 마흔을 넘긴 노총각으로 결혼하셨는데, 매우 이해심이 깊으시고 자상하셨지요. 어린 제가 물설고 낯선 한국에 와서 고생한다면서 여간 마음을 쓰지 않으셨어요. 제가 검정고시에 합격했을 때는 얼마나

기뻐하셨는지……. 퍽 좋아하셨고 또 만나는 사람들에게 자랑도 많이 하셨지요. 새아빠의 어린 시절은 집안이 매우 가난해서 초등학교를 간신히 졸업했다고 하시며, 우리 집안에도 이젠 중학생이 곧 나온다고 크게 떠들며 웃으시곤 하셨지요. '나는 너만 쳐다보면 기운이 난다' 면서 좋아하시던 모습을 저는 지금도……."

토이는 두 손으로 얼굴을 감쌌다. 서장은 미안한 생각이 들었다. 너무 가혹한 것을 요구했다는 생각 때문이었다.

"내가 괜한 것을 물었구나!"

"아니에요. 괜찮습니다."

토이의 큰 눈에 그렁그렁 눈물이 출렁이고 있었다.

"저도 때로는 누군가에게 내 얘기를 들려주고 싶은 때가 있어요. 말하고 싶어 견딜 수 없을 때도 있지요. 그럴 때는 혼자서 거울을 보며 얘기를 했어요."

"그랬었구나!"

서장은 의식적으로 감정을 절제하며 냉정한 표정으로 치안업무를 다루다 보니 자신도 모르는 사이에 감정이 무디어졌다는 것을 새삼 느낄 때가 있었다. 눈물도 인색해진 것이 사실이었다. 그러나 토이의 말을 듣고 있으려니 눈시울이 뜨거워졌다.

"제 고향은 베트남의 그 유명한 하롱베이예요. 바다와 섬들이 어우러진 참 아름다운 곳이지요. 그러나 저는 그런 아름다운 풍경과는 아무런 상관도 없어요. 저를 낳으신 아빠는 얼굴도 모르는 걸요. 다만 엄마가 임신을 해서 저를 낳았고 혼자 키우셨지요. 베트남 그 아빠는 제 얼굴도 모르시지요. 가난이 지겹다며 결혼 몇 개월 만에 엄마를 버리고 집을 나간 그분은 외항선을 탔다는 말도 있긴 하지만……. 아무튼 나이 어린 엄마는 저를 낳았고 혼자 고생하며 키우셨어요. 제가 다섯 살쯤 되었을 때, 엄마는 아빠를 기다리는 것을 포기하고 이혼수속을 하셨죠. 그 후 한국의 새아빠를 만나 결혼을 하셨어요. 그 아름다운 하롱베이, 고향을 떠올리면 저는 엄마의 눈물 밖에는 기억나는 것이 별로 없어요."

어린 가슴에 이토록 슬픔이 가득하다니! 서장은 토이로 하여금 얘기를 하도록 더 이상 두고 볼 수가 없었다. 오늘은 이쯤하고 나머지는 다음에 하자고 말하고 싶었으나, 거울을 보며 혼자서 얘기를 했다는 말이 생각나 참았다.

"집을 나가버린 남자. 엄마는 그 아빠가 얼마나 미웠겠어요. 원망도 많이 하셨을 거예요. 엄마와 제가 살던 집. 마치 움막 같은 그 집. 부엌과 침실이 따로 없던 작은 방. 벽에 엄마가 써 붙인 글귀가 생각나요. 저는 글을 몰랐지만 엄마가 하도 여러 번 손으로 짚어가며 읽어주었기 때문에 그 뜻은 생생히 기억하고 있지요. 엉클 호(호 아저씨: 베트남 국부 호치민을 국민들은 그렇게 부른다)의 말씀인데 '미움으로는 결코 미움을 이길 수 없다'란 것이었어요. 어렸을 때는 그게 무슨 말인지도 몰랐지만 이젠 조금은 알 것 같아요. 아빠에 대한 미움을 그 말씀을 읽으며 달래셨을 거예요. 저도 엄마처럼 그 말씀을 좌우명으로 삼을까 해요."

"매우 교훈적인 글귀구나."

"사람이 미움을 품으면 사나워진다고 생각해요. 사나워진다고 반드시 이기는 것은 아닐 텐데 말이죠. 서장님, 안 그래요?"

"그렇지. 사납기로 말하면 사자나 호랑이가 아닐까? 그러나 맹수는 그 수효가 줄어들고 나약한 짐승들이 그 수효는 불어나거든. 너무 비약했나? 허, 허, 허."

서장은 어두워진 토이의 마음을 조금이라도 달래주고 싶었다. 서장이 승용차에서 준비해온 오렌지 주스를 들고 왔다.

"토이-. 목마르지? 좀 마셔라."

더위가 한풀 꺾이자 호수에 떠있는 오리, 악어 모양의 작은 보트에 연인 또는 가족들이 타고 즐겁게 한때를 보내고 있었다. 모두 행복하게 보였다.

주스를 한 모금 마신 토이는 서장을 보며 미소를 지었다.

"왜?"

"재미없죠?"

"아니야. 난 오늘 토이로부터 귀중한 인생 공부를 하고 있는 걸!"

"그러세요?"

"그럼!"

토이는 휴대전화에 문자메시지를 눌러 누군가에게 보냈다.

"누구?"

"아까 그 친구들이에요. 지금 어디 있느냐고……."

"지금 가 봐야 되는 거 아냐?"

"아니에요. 우린 이렇게 수시로 연락해요. 신경 쓰지 마세요."

"맘고생이 심했었구나?"

"다 지난 일들인데요, 뭐."

"그래도 그렇지……. 토이, 굉장한데?"

"놀리지 마세요."

토이는 보트와 물 위 떠다니며 노는 물새들을 핸드폰 카메라에 담았다.

"오늘을 오래오래 기억하고 싶어요."

"왜?"

"이렇게 서장님과 오래 앉아 얘기를 나눈 것은 저에겐 특별한 일이니까요."

서장은 단지 틈을 내어 한 소녀의 역경을 헤쳐 온 얘기를 들었을 뿐인데, 토이의 이날을 특별한 날로 기억해 두고 싶다는 말을 듣고 보니 긴장되었다.

"새아빠가 돌아가시자 할아버지와 할머니는 엄마를 냉대하셨어요. 베트남 여자 때문에 아들이 죽은 것이라며 구박이 심하셨어요. 엄마는 견디기 힘들어 하셨어요. 매일 밤 우셨죠. 저는 엄마 곁에 붙어 앉아 덩달아 울곤 했습니다. 그러나 냉대를 참고 견디는 일로 해결될 일이 아니잖아요? 엄마는 어느 날 가출을 하셨죠. 남편하나 믿고 한국에 시집 왔는데, 남편이 죽었으니……엄마가 떠난 집에서 저는 어떻겠어요. 자리가 잡히면 데리러 오겠다는 메모지만 남기고 떠나신 엄마를 얼마나 원망했는지 몰라요. 엄마가 가출했지만 다행히 할아버지와 할머니는 저를 퍽 예뻐해 주셨어요. 아마 제가 불쌍하니까 그러셨을 거예요. 슬픈 나날이었죠……. 저는 죽고 싶었어요. 참말이에요."

토이는 말을 잠시 멈추고 호숫가 가장자리로 내려가더니 물에 손을 담그고 한참을 그대로 있더니 돌아왔다.

"가을이었어요. 제가 열두 살 때 일이에요. 겨우 열두 살!"

토이는 입술만 빨면서 말을 하지 못했다. 한동안 무릎에 턱을 고이고 생각에 잠겨있더니 서장을 보며

"저에게 그런 슬픈 날도 있었어요!"

하며 눈물을 주룩 흘렸다.

"서장님! 그런 날도 지나가더라니까요."

"……."

서장은 이러지도 저러지도 못하고 토이의 말을 듣고만 있을 수밖에

별도리가 없었다.

"바로 저기에요. 저 건너 큰 바위 보이시죠?"

토이가 가리키는 호수 건너편에는 과연 커다란 바위가 있었다.

"저녁 무렵이었어요. 단풍이 아주 고왔었죠. 단풍놀이 왔던 사람들이 거의 돌아가고 인적이 뜸한 시간이었어요. 저는 그 시간에 저 바위 위에 혼자 앉아 있었어요. 무슨 생각을 하고 있었는지 지금은 하나도 기억나지 않아요. 아마 여러 사람들을 생각하고 있었을 거예요. 열두 살 계집 애가 무슨 생각을 했겠어요. 엄마를 많이 생각했겠죠……. 물속으로 뛰어내리려고 일어섰다가는 주저앉고 또 일어섰다가는 주저앉기를 여러 차례 했죠. 물이 너무 무서웠어요. 뛰어내릴 수가 없었어요. 결국 바위 위에 털썩 주저앉아 훌쩍훌쩍 울었어요."

서장은 토이의 어깨를 두 손으로 끌어당겨 가슴에 안았다. 서장 눈에서도 눈물이 흘렀다.

"그렇게 얼마를 울고 앉아 있는데 누가 제 어깨를 잡는 거예요. 돌아보니 얼룩무늬 군복을 입은 어떤 아저씨였어요. 저는 놀랍기도 했지만, 한편 알 수 없는 안도감에 그만 그 아저씨 품에 안겨 엉엉 소리 내어 울었어요. 그렇게 마음 놓고 울어본 것은 처음이었어요. 그분은 아무 말 없이 저를 품고만 계셨었지요……. 그분이 황싱식! 제 이빠에요."

서장은 먼 여행을 하고 돌아온 사람처럼 피로감 같은 것을 느끼며 토이의 얼굴을 물끄러미 바라보았다. 열일곱 살 소녀, 고2 학생이라고는 도저히 믿겨지지 않았다.

9

온실작업에 학생들은 신이 나 있었다.

벌목작업하는 인부들은 감독의 지시에 따라 온실을 짓는 데 쓸만한 목재를 그야말로 산더미같이 옮겨다 놓았고, 서장의 의견을 참작하여 애당초 학생들이 만든 설계보다 훨씬 크게 짓고 있었다. 온실보다는 제법 작은 식물원 규모가 될 듯했다. 학생들은 인부들에게 물을 떠다 주거나 자질구레한 뒷바라지를 거들 뿐, 힘쓸 일은 안전상 위험하다며 아예 손도 대지 못하게 하라고 벌목작업 감독은 인부들에게 지시했다.

건물이 날이 다르게 모습을 드러내면서 학생들이나 미술선생은 뿌듯함을 느꼈다. 소문이 났는지 아랫마을 이장뿐만 아니라 주민들도 나와서 거들어 주었고 면장도 다녀갔다. 시작은 토이 한 사람의 아이디어에서 나왔지만 이제는 여러 사람의 일이 되고 말았다.

서장이 현장에 나타났다. 먼발치서 서장과 눈이 마주친 토이와 친구들은 미소를 지으며 밝은 얼굴로 꾸벅꾸벅 인사를 했다.

마침 봄 산불사고 때 마을회관에서 만나 여러 얘기를 나누었던 사내가 올라와 있었다.

"어르신! 안녕하십니까? 오랜만에 뵙습니다. 언제 한번 찾아 뵐 생각이었습니다."

"안녕하시오? 경찰서장님! 바쁘시죠?"

"예. 좀–. 경찰서장이 바빠서야 좋을 것 하나도 없지요–만, 하, 하. 오늘 와보니 이제 거의 다 되었군요."

"학생들 열의에 모두들 혀를 내둘러요. 마을에서도 회의를 했다니까요. 이렇게 구경만 할 일이냐–. 애들한테 어른들 부끄럽지도 않느냐–. 뭐 그런 말들이 오갔었소. 솔직히 말해서 낯 뜨겁지 뭐."

"그렇지 않아도 기관장 회의 때 군수님께서도 언급하셨습니다. 지원할 사항이 뭔지 한번 체크해 보라고 당부하셨습니다. 군수님께서 한번 시간 내어 들리실 것 같습니다."

"아이고 군수님까지? 이러다가 방송에 나오지 않을까?"

서로 흐뭇한 마음들을 그렇게 표현하고 있었다.

일손을 잠시 멈춘 사내가

"서장님. 어떻게― 토이 저 녀석과 얘기는 좀 해보셨소?"

라고 말하며 턱으로 토이를 가리켰다.

"예, 고생을 적잖이 했더라고요. 그러나 밝게 잘 자랐어요!"

"그게 다 황 씨, 그 사람 덕분이지."

"참, 어르신. 언제 황상식 그분에 대해 말씀을 더 듣고 싶습니다만……. 어르신은 시간이 어떠실지……. 부탁드립니다."

"나야 뭐 언제라도 무방하오만…… 쟤가 얘기 않던가요?"

"마음 아픈 얘길 자꾸 시키는 것 같아 더 묻지 못했습니다. 황상식 씨에 관한 것이라면 어르신께 부탁드려도 좋을 것 같았고요."

"내가 뭐 달리 아는 게 있나? 다만 남보다 자주 그이를 만났던 것밖에?"

"바쁘시겠지만……. 언제 제가 시간을 마련하겠습니다."

서장은 사내와 약속을 하고 헤어졌다.

여름방학도 지나 개학하자마자 토이가 다니는 학교에서는 달맞이산에 새로 개축한 온실 오픈에 맞추어 전교생이 참여하는 대대적인 축제를 준비하고 있었다. 교장은 본교 학생들이 주축이 되어 큰일을 한다고 그야말로 입에 침이 마르도록 자랑하고 다녔다.

축제의 내용은 크게 두 방향이었다. 하나는 전교생이 우리나라 산야에 자생하는 들꽃 중에서 좋아하는 것 하나를 선택하여 화분에 담아 새로 마련된 온실에 전시하는 것. 그리고 또 하나는 전교생이 전원 참여하여 우리나라 가곡을 부르는 합창제를 온실 오픈식장에서 열기로 한 것이다.

교장이 누누이 강조하는 것은 전교생 전원참여였다. 모든 기획과 준비는 학생들이 하되 선생들은 최선을 다하여 지원해 준다는 약속을 했기 때문에 학교 분위기는 활기찼고 분주했다. 물론 불만을 표시하는 학생들도 없지는 않았다. 우선은 합창제가 맘에 들지 않는다는 것이었다. 사람마다 개성이 있고 특기가 있는 것인데, 합창이라는 틀 속에 묶이고 싶지 않다는 것이었다. 그들은 대체로 최근에 뜨고 있는 아이돌 그룹의 춤이나 노래에 '짱'으로 교내에 알려진 애들이었다. 우리 가곡은 고리타분하다는 것이 그들의 주장이었다. 그러나 교장은 그런 소리는 귀담아 듣지도 않았다.

온실 오픈은 추석 다음날로 정했다. 대부분 한가위에는 외지에 나가 살던 주민들이 귀향하기 때문이었다. 교장의 보다 많은 사람들에게 알리고 또 자랑하고 싶은 마음이었을 것이다. 그러나 도회지나 다른 지역으로 한가위 차례를 위해 다녀와야 하는 선생들도 있었다. 그들은 이렇다 저렇다 말도 못하고 교장 눈치나 살피는 신세가 되었다.

10

비가 부슬부슬 내리는 오후였다.

달맞이산 산정호숫가에 있는 아담한 카페에서 서장과 사내가 자리를 같이 했다. 호수에는 물안개가 자욱했다. 종업원들이 조심스럽게 걸어

다니는 발자국 소리가 간간히 뿐 마치 물속과 같이 고요했다. 첼로 연주곡이 잔잔히 흐르고 있었다. 음악을 좋아하는 부부가 경영하고 있었다. 남편이 직장에서 은퇴하자 단순하게 여생을 살겠다며 마련한 카페였다. 음식보다는 음악이 좋아 심심치 않게 사람들이 찾아준다고 했다.

"제가 모시러 가려했는데……."

"집이 바로 저 아래인걸 뭐."

"비 때문에 농사에 지장은 없겠지요?"

"아직은…… 지금 비가 적당히 와야 좋아요. 비가 조금 내린 후 햇빛이 쨍쨍 해야 곡식이건 과수건 잘 여물지……. 서장님이 온실 짓는데 수고 많이 하셨다고 다들 칭찬합니다. 애쓰셨소."

"무슨 그런 말씀을 다 하십니까. 제는 그저…… 자주 가보지도 못했는걸요. 여기 오기 전에 잠깐 둘러봤는데 이제 거의 되었던데요? 미술선생님과 학생들이 관리실 내부에 페인트칠을 하더라고요. 그 녀석들이 얼마나 좋아하는지……. 저는 보는 것만으로도 흐뭇했습니다."

"토이 그 녀석. 좋아할 겁니다. 황 씨 죽고 애 마음고생이 컸을 거요. 소실된 온실은 황 씨하고 토이가 함께 만들었는데……. 그이도 가고, 온실마저 다 타버렸으니. 오죽했겠어?"

"토이가 그래도 참 침착해요."

종업원이 차를 내왔다. 구기자 차였다. 사내는 찻잔을 잠시 바라보더니

"이 차가 무슨 차인지 아시오?"

하며 서장의 얼굴을 바라보았다.

"왜요? 어르신이 이집에서는 구기자차가 마실만하다고 하시기에 그 차를 주문했습니다만……."

"구기자 차! 황 씨는 늘 이 차를 마셨고, 내가 찾아가면 이걸 내놨어

요. 집에서 구기자를 직접 길렀어요……. 이 차를 앞에 놓으니 새삼 그이 생각이 나서 그러는 거요."

"그분이 구기자차를 좋아하셨군요?"

사내는 황 씨를 생각하는지 살며시 눈을 감고 천천히 찻잔을 입으로 가져갔다. 서장도 한 모금 마셨다. 음악은 역시 첼로 연주로 〈강가에서〉란 곡이 흘렀다. 비 오는 날 호숫가 카페에서 들으니 한결 심금을 울렸다.

사내는 차를 다 마실 때까지 아무런 말이 없었다. 서장 뇌리에는 황 씨에 대해서라면 새까맣게 그을려 죽은 시체 밖에는 생각되는 것이 없었다. 얼마간을 말이 없던 사내가 입을 열었다.

"황 씨! 고생 많이 했어요. 월남전에 참전했다가 고엽제 때문에 병을 얻어 퍽 고생했죠."

"고엽제요?"

"황 씨 말로는 그렇다 했어요. 월남에서 돌아와 제대하고 결혼하여 애 낳을 때까지는 아무렇지도 않았었는데, 그 얼마 후에 그 증상이 나타나더란 거요. 처음에는 그냥 피부병인줄만 알고 이 약, 저 약 써봤는데 듣지를 않더란 거요. 뿐만 아니라 나중에는 속까지 안 좋아서 병원엘 가서 검사를 해봤는데 병원에서도 병명을 잘 모르더란 말이오. 어허 이거 이상하다 생각하고 얼마를 지냈는데…… 어느 날 파월장병 모임에 가보니 비슷한 증상으로 고생하는 사람들이 여럿 있더란 말이죠. 이 사람 저 사람과 얘길 해보니 증세가 같더란 말입니다. 그래서 단체로 정밀검사를 해보자 치료는 이렇게 해봐라 하는 등 말들이 많았대요. 그런데 파월 장병 출신 한 사람이 미국에 갈 일이 있어 나간 김에 병원에서 검사를 해보니 그 병은 약물중독에서 온 것으로 보인다고 하더랍니다. 그 사람이 생각하길 '약물중독이라니 말도 안 된다!' 자꾸 검사결과에 의문

274

이 생기더란 겁니다. '검사결과를 못 믿겠다. 무슨 약에 이런 성분이 있느냐' 하고 물으니 그 병원 왈, '고엽제에 그런 성분이 들어 있다' 하더랍니다."

"그러니까 그때까지는 병명도 모르고, 더욱이 고엽제와 관계가 있을 것이란 생각도 못할 때였군요?"

"꿈에도 생각도 못했겠죠. 그땐 고엽제란 말도 들어 본 일이 없었으니까."

"아무튼 그 후로 시끄러웠대요. 이 병은 나라에서 치료를 해 줘야 한다거니 아니다, 아직 증거가 불충분하다거니 말들이 많았답디다."

"속 시원한 답이 없었으니……. 또 일반인들은 잘 모르는 일이니까 별 관심도 없었을 테고."

"문제는 환자들…… 그들은 병세가 더욱 심해져 밤엔 잠도 제대로 잘 수 없어 매일 진통제를 한 주먹씩 입에 털어 넣어야 겨우 잠들곤 했다는 거죠. 고통이 이만저만 아니었던 모양입니다. 황 씨는 말로 그걸 다 어떻게 표현할 수 있냐면서…… 손사래를 치곤 했었습니다."

"그분, 고생을 많이 하셨군요."

그런 고통을 안고 살아가는 사람들이 있다는 것조차 잘 모르고 있었다는 것에 미안한 마음이 들었다. 그들이 피켓을 들고 광장에 앉아 시위하는 것을 보면 괜히 귀찮게만 보였던 때가 있었다.

안개처럼 부옇게 내리던 비가 갑자기 후두두 소리를 내며 내렸다. 호수 주변에 산책을 나왔던 연인들로 보이는 젊은이 몇 쌍이 빗방울을 털며 카페로 들어왔다. 주인 여자와는 잘 아는 단골들로 보였다. 자리에 앉자 연인들은 메뉴판을 뒤적이며 잠시 소란을 피웠으나 이내 분위기는 정적 속에 묻혀버렸다. 연인들은 서로 바라보며 입 대신 눈으로 말들을 나누었다. 젊은 날의 행복한 순간들을 보내고 있었다. 사랑하며 또 사랑받는다는 것, 그것은 축복임에 틀림없는 것이리라.

잠시 비 내리는 창밖을 바라보던 사내가

"좋은 때지. 당시에는 그걸 잘 몰라요. 서장님도 젊은 날에 연애 좀 하셨지? 인물이 좋으니까 따르는 여자들도 많았을 거여."

"지금 생각하면 후회가 돼요. 경찰학교 간다고 죽어라 공부만 했던 것이……. 연애 한 번 제대로 하지도 못하고 젊은 날이 휙 지나갔다니까요. 하, 하ㅡ."

"토이도 곧 저 나이가 될 텐데……."

"그러게요. 나이는 기회이며, 감정은 숙명 같은 거 아니겠어요? 토이도 그 나이가 되면 어떤 숙명 같은 사랑을 하겠지요."

"누가 곁에서 잘 보살펴 줘야 할 텐데, 쯧 쯧……."

사내는 혀를 차며 젊은이들에게서 창밖으로 시선을 돌렸다. 굵은 비는 지나가고 가랑비가 내리고 있었다.

"한번은 내가 황 씨 집에서 자고 온 날이 있었어요. 여름이었소. 지금도 생생하게 기억나는데, 그날 밤에 난 말로만 듣던 몽유병 환자를 처음 봤소."

"몽유병 환자요? 어디서요?"

"나중에 알고 보니 진짜로 몽유병 환자는 아니었지만……. 어찌나 놀랐던지!"

"누가요?"

"황 씨, 그이는 환청에 시달렸어요."

"황상식 씨가 그런 증세까지요?

"그날 나는 해질녘에 바람도 쏘일 겸 그이 집에 갔어요. 그런데 그이가 칼국수를 할 거라며 먹고 가라고 붙잡아요. 기다렸다 맛있게 먹고 있는데 비가 내리는 거여. 억수로 퍼부었지. 그래서 집에 오기도 그렇고 해서 망설이는데, 그이가 자꾸 자고 가라고 합디다. 집에 특별히 할 일도 없겠다 그런다고 했지 뭐. 비는 계속 내렸고. 이런 얘기 저런 얘기를 나누다 늦게 잠자리에 들었어요. 그런데 말이요. 그런데……."

사내는 말을 잠시 끊고 그때 일을 생각하는지 고개를 끄덕거렸다.

"비는 퍼붓지, 칼날 같은 번개는 하늘에서 춤을 추지, 산이 무너지는 소리로 천둥은 치지, 그날 밤 참 요란했어요. 방안에 누웠는데도 꼭 벼락 맞을 것 같더라니까. 이 나이에도 겁이 나요, 글쎄. 옆방에서 자고 있던 토이가 무서워 못 견디겠던지 겁에 질린 얼굴로 안방으로 건너와 황씨 곁에 달싹 끼어들더라니까. 아무튼 대단했어요."

"무서웠겠죠. 어린 것이……."

"나는 막 잠이 들려는 참이었지. 그런데 글쎄, 번개가 번쩍이고 집이 흔들릴 정도로 천둥이 요란하게 치니까 갑자기 그이가 벌떡 잠자리에서 일어나는 거요. 나도 덩달아 일어나 앉았지. 그런데 그이는 늘 선반에 반듯하게 각을 세워 보관하던 군복을 번개같이 입더니 밖으로 뛰어 나가는 거였어요. 내가 왜 그러냐고 물어도 대꾸도 없이 비가 쏟아지는 마당 한가운데 서서 '비상! 기습이다! 기습이다!' 하며 고래고래 소리를 치는 거였어요."

낮은 소리로 얘기를 하던 사내가 그 당시의 상황을 재현하느라 갑자기

"비상! 기습이다! 기습이다!"

하고 언성을 높이는 바람에 카페에 앉아있던 사람들은 모두 화들짝 놀랐고, 주인이 달려왔다. 서장이나 사내는 제풀에 당황하여

"아이고, 이거 죄송합니다. 아무 일도 아닙니다. 얘기를 하다 보니 그

만……."

하며 거듭 사과를 했다. 사람들이 힐끗힐끗 돌아보며 키득댔다.

"어르신이나 토이가 얼마나 놀랐대요?"

"놀랐죠. 나도 나였지만, 토이는 바들바들 떨면서 울지도 못하고 내 바짓가랑이를 잡고 놓지를 못했어요……. 그게 다가 아닙니다."

"그럼 또 무슨……."

"그렇게 소리를 치던 그가 이번에는 방으로 달려 들어가 라면박스를 들고 나와서는 '응답하라! 응답하라! 본부– 본부 응답하라! 여기는 너구리 하나– 여기는 너구리 하나!' 하며 다급한 목소리로 무전치는 흉내를 하면서 마당가에 있는 두엄자리를 낮은 포복으로 기어다니는 겁니다. 가끔 번개가 치고 천둥이 울리면 베어다 놓은 풀더미에 몸을 숨기는 거요. 나는 '이러다 무슨 사고 나지' 하는 생각이 들었어요. 랜턴을 켜고 그를 비춰보니 어허 그 얼굴! 지금도 생생합니다."

"얼굴이 어땠는데요?"

"사람의 얼굴이 아니라 차라리 짐승의 얼굴이라고 하는 것이 옳을 거요. 특히 그 눈! 한마디로 말해서 광기로 번뜩였죠. 소름이 쫙……. 무서웠어요."

사내의 말소리는 얘기가 진행될수록 음성이 높아져 갔다. 서장은 라디오 볼륨을 조절하듯 사내의 목소리가 커진다 싶으면 눈짓을 해주곤 했다. 흥분을 자제시키며 듣지 않으면 안 되었다.

"그래서 어떻게 되었나요?"

"그렇게 빗물이 흥건한 흙바닥을 뛰어다니다가 기어다니고, 뒹굴거나 숨기를 하며 한바탕 소란을 피우던 그가 댓돌 곁에 푹 쓰러지지 뭡니까? 꼭 아이들이 실감나게 전쟁놀이를 하는 것 같더라니까. 난 그가 죽은 줄 알았어요. 너무 당황스럽고 혼란스러워 벙벙히 그를 지켜보고 있는데…… 토이, 그 녀석…… 그 녀석이 글쎄 황 씨에게 달려들어 흔들면서 '아빠! 아빠! 안 돼! 안 돼!' 하며 우는 겁니다. 토이가 그때는 우리말이 아주 서툴렀어요. 고작 하는 말이 '아빠', '안 돼' 정도였을 거요."

사내는 말을 많이 한 까닭에 갈증을 느꼈는지 물을 거푸 두 컵이나 마셨다.

"나는 그이를 방으로 끌어다 눕힌 다음, 토이를 안고 하릴없이 앉아 있었죠. 꺽꺽 흐느끼던 토이는 내 무릎에서 잠이 들었고……. 얼마의 시간이 지났을까? 그이가 부스스 일어나요. 기운이 하나도 없는 소리로 물을 찾더라고요. 그래 물을 갖다 주니 그 많은 물을 벌컥벌컥 마시고 도로 누워 잠들었지요……. 이튿날 그가 깨어났을 때 내가 그이한테 물어 봤어요. 왜 그런 짓을 했느냐고."

"그랬더니요?"

"그이는 기억이 잘 나지 않는다고 합디다. 다만…… 다만 천둥번개 치면 귀에 이상한 소리가 들리는데, 전에 월남전 격전지에서 듣던 소리랍디다. 그 소리를 들으면 자신도 모르게 그만 그런 행동을 한다는 거요. 전쟁후유증이지 뭐!"

"월남전이라면 시간도 퍽 지났는데……. 치료도 받지 못하셨나 봅니다."

"우선은 고엽제병 때문에 그런 것은 신경 쓸 여유도 없었겠지. 설상가상으로 가정까지 풍비박산되고 보니……. 이래저래 고생 참 많았어!"

사내는 자신이 겪은 일이나 되는 것처럼 한숨을 푹 쉬면서 어깨를 축 늘어뜨렸다. 남의 아픔을 어찌 이해한다고 쉽게 말할 수 있을 것인가.

서장은 사내의 얘기를 들으면 들을수록 황 씨에 대한 궁금증은 더해

갔다.

"어느 날 그이가 나한테 들려 준 얘기요."

"그것도 환청에 관한 얘긴가요?"

"그래요. 그이가 월남에서 겪은 건데……. 나는 그이가 순수한 사람이었다고 봐요. 그이가 고등학교를 마치고 군대에 갔는데, 파월 장병을 차출하더랍니다. 말은 자원을 받는 형식으로……. 거기 가면 월급은 얼마가 된다. 제대할 때는 한몫 챙긴단다. 솔깃하여 자원들을 하고 그러는데, 그이는 그야말로 노래가사처럼 사나이로 태어나서 할 일도 많다만자유와 평화를 위해서 한번 나서보자 하는 마음으로 자원했대요. 야자수 나무는 어떻고 남십자성은 어떻다느니 군함을 타고 떠날 때까지 마음이 설렜대요.

전쟁터라는 게 전쟁터지. 아마 죽지 않고 산다는 보장만 있으면 전쟁같이 신나는 것은 없을 것이지만……. 전쟁터에서는 사람 목숨이 파리목숨 같은 거 아니겠소? 한번은 작전을 나가 어느 부락을 급습하여 주민 몇 명을 생포했다죠. 물론 입수된 정보에 따라 전광석화같이 소탕은 이루어졌고 성공했답니다. 주민 중에는 베트콩과 내통하는 사람이 있다는 정보였죠. 잡아온 놈들이 불지를 않는 겁니다. 시간은 없고……. 결국은 고문이 시작되었답니다. 고문이란 거, 빤한 거 아니겠소? 억지로 토설하게 하려니……. 몸에 고통을 가해야 되는 거. 다른 곳도 아니고 전쟁터인데 오죽했겠소? 하나하나 죽어 나가는 거지. 국제법상 위법이랍디다.

그때 황 씨가 못 볼 것을 본 거요. 옆방으로 한 명씩 끌고 들어가 고문을 하는데 어찌나 비명을 지르는지 차마 들을 수가 없더란 말입니다. 황 씨 말로는, 사람이 절박한 일을 당하면 짐승소리를 내더랍디다. 전쟁에서는 내가 죽지 않으려면 적을 먼저 죽여야 된다는 것이 상식이지. 그런데 황 씨는 거기에서 혼란이 온 거요. 비명을 지르는 여인이 불쌍해서 견딜 수가 없더란 거요. 나중에는 비명소리를 듣지 않으려고 귀를 막기도 하고 엉뚱한 생각을 해보기 했다죠. 안 되더랍니다. 사람이 사람을 저럴 수는 없다. 펑펑 울었답디다."

서장은 자신의 직무를 생각했다. 때로는 취조 과정에서 피의자를 윽박지르며 자백을 강요하지는 않았던가. 법망을 요리조리 피해 꼬리를 자르며 빠져나가려는 놈들을 보면 울화통이 터질 때가 비일비재했다.

"그런 경험을 가지고 제대를 했는데……. 문제는 그 비명소리가 들리는 거요. 처음에는 비명소리가 들려서 무슨 일인가 하여 주위를 두리번거렸다죠. 황 씨에게는 그것 또한 하나의 지병이었죠."

서장은 마음이 답답했다. 사람이 그렇게 살다 그렇게 갔구나! 마음이 우울했다.

서장과 사내는 다음에 또 자리를 갖기로 약속한 후 카페를 나섰다. 호숫가에 흐드러지게 핀 구절초 꽃이 안개비를 맞고 있었다.

11

아침저녁으로는 제법 선선했다. 달맞이산자락 넓은 들에는 벼들이 누렇게 익어 황금물결로 일렁였다. 시골길에는 코스모스가 꽃길을 이루어 하늘거렸다.

고등학교 강당에서는 합창연습이 한창이었다.

"우리는 지금 합창을 하는 것이다. 개인이 아무리 뛰어나고 소프라노, 알토, 테너 그리고 바리톤이나 베이스, 파트별로 잘한다 해도 중요한 것은 전체 화음이란 말이야."

아이들이 붙인 음악선생의 별명은 '아마데우스' 다. 음악선생은 곱슬머리를 흔들면서 뿔테안경 너머로 정확히 96명 학생들 하나하나와 눈을 맞추며 열정적으로 지휘를 하였다.

전에는 300명이 넘던 학생들이 차츰 줄어들어 전교생이 지금은 고작 100명도 되지 않는 단출한 학교가 되고 말았다. 교실도 여럿 비어 있지만 강당은 인원수에 비해 횅뎅그렁하다. 강당에 노래가 울려 퍼진다.

나는 수풀 우거진 청산에 살리라
나의 마음 푸르러 청산에 살리라
이 봄도 산허리엔 초록빛 물들었네
세상 번뇌 시름 잊고 청산에서 살리라
길고 긴 세월동안 온갖 세상 변하여도
청산은 의구하니 청산에 살리라

준비하는 레퍼토리 중의 하나인 김연준 선생의 〈청산에 살리라〉다. 정말 이 노래는 부르는 것만으로도 마음이 푸르러지고, 여유로움과 평화가 잔잔히 산하에 흐르는 느낌이 들었다. 아마 아마데우스 선생 자신이 가장 좋아하는 노래이기 때문에 순서에 포함시켰을 것이다. 아마데우스 선생이 저토록 흥분하고 신바람이 나, 껑충껑충 뛰면서 지휘봉을 휘두르는 것은 처음 보는 일이었다. 땀이 흘러 하얀 와이셔츠가 등과 팔에 달라붙어 있다.

"아마데우스, 저러시다 바지 벗겨지는 거 아냐?"

하고 한 아이가 웃기는 바람에 여기저기서 킥킥대고 일제히 웃음이

터졌다. 아마데우스 선생도 아이들이 웃는 까닭을 알고 있었는지

"이놈들 웃어?"

하고는 강당이 울리도록 호탕하게 웃었다. 너무 크게 웃어서 겸연쩍었던지

"그래. 음악은 웃는 데서부터 시작되는 거야! 아니, 음악은 사람을 웃게 하지. 비록 눈물을 흘리며 부르는 노래라 할지라도 기쁨과 위안을 주기 때문에 그것은 슬픈 눈물과는 달라. 기쁨의 눈물이란 말이야."

라며 음악선생다운 변명을 했다. 아마데우스의 음악 예찬론은 늘 되풀이 되었다.

"독일이 2차 세계대전 후 가장 먼저 국가에서 시행한 일은 음악의 보급이었다. 4분의 3박자, 8분의 6박자 음악을 보급하였다. 전쟁에 상처받은 마음들을 위로하기 위해서 그랬던 거야. 그 대신 4분의 2박자, 4분의 4박자는 자제했다. 그것들은 사람을 흥분시키고 피를 뜨겁게 달구거든. 당시에 독일 국민들은 너무 긴장해 있었고 또 지쳐 있었지. 음악은 총칼보다도 강력한 힘이 있단 말이야. 그래서 옛날에는 어느 한 나라가 이웃나라를 점령하여 들어가면 제일 먼저 한 일이 시인과 음악가를 포로로 잡아들이고, 시 낭송과 그 나라 노래를 부르지 못하게 했단 거야……. 〈강남스타일〉? 좋지! 나도 그 노래 알고 있어. 이 시대의 맥박이 그 노래 박자와 맞아 떨어진 거야. 어느 나라나 어느 시대나 거기엔 맥박이 있어. 그 맥박이 그 나라나 그 시대를 지배하는 거야."

어느 개구쟁이가 외쳤다.

"선생님! 〈강남스타일〉 춤추실 아세요?"

묻는 게 아니라 춤을 주문한 것이었다. 순간 간당 안이 쥐죽은 듯 썰렁해졌다. 모든 눈이 아마데우스에게로 집중되었다. 질문을 했던 학생

이 오히려 쑥스럽게 되었다. 신참 선생이라면 몰라도, 나이 오십을 넘긴 선생에게 무리한 요구를 한 것은 심한 장난이라고 아이들은 생각했다. 음악예찬에 열을 올리다 뜬금없는 질문에 머쓱해진 선생은 말없이 지휘봉을 만지작거리며 잠시 그대로 서 있었다.

"저 자식이 원래 싸가지가 없어요!"

하며 선생을 위로하였다.

선생은 아무 말 없이 서 있더니

"〈강남스타일〉춤?"

하고 물었다.

"……."

아무도 대답하지 않았다.

학생들을 천천히 둘러본 뒤 선생은 빙그레 웃으며

"우리 한번 〈강남스타일〉 춤출까?"

하고 말했다.

"……? 와~아!"

아이들은 폭소와 함께 강당이 떠나갈 듯 환호성을 질렀다. 이어서 피아노 반주를 하던 여학생이 신들린 듯 〈강남스타일〉을 연주하기 시작했다. 아이들이 일제히 일어나 껑충껑충 몸을 흔들어 댔다. 아마데우스 선생도 교단에서 내려와 춤을 추며 아이들 속으로 끼어들었다. 신이 난 아이들은 좋아서 하하 호호 웃어대며 괴성까지 질러댔다. 한바탕 몸을 흔들며 그야말로 강당은 아수라장이 되었다. 아마 아마데우스 선생이 가장 설쳐댔지 싶을 정도였다.

모두 흥겹게 춤을 추고 있을 때였다. 갑자기 피아노 반주가 뚝 그쳤다. 모두 피아노 쪽을 바라보았다.

"이-크!"

"아-악!"

벌린 입을 다물지 못했다. 거기에는 교장과 교감이 서 있었기 때문이다. 교장은 무표정하였고, 교감은 걱정스러운 얼굴로 아마데우스를 바라보았다. 아이들의 들떴던 기분은 무겁게 가라앉았고, 교장과 아마데우스를 번갈아 쳐다보며 일이 재수 없게 꼬였다고 생각했다. 누구보다도 당혹스러운 것은 아마데우스 선생이었다.

교장은 아무 말 없이 아마데우스 선생과 아이들을 쳐다보더니 피아노 건반 하나를 눌렀다. 맑고 깨끗한 소리가 강당을 울렸다. 쓰리 옥타브 솔이었을 것이다. 아이들은 교장의 얼굴에서 잠시도 눈길을 떼지 못하고 있었다. 한동안 아무런 말도 없이 팔짱을 끼고 피아노 곁에 서 있던 교장이

"아마데우스 선생님, 다음에는⋯⋯."

하고는 말을 멈추었다. 모두 긴장했다. 그도 그럴 것이, 도시 학교 같았으면 이 시간쯤에는 수능시험이다, 선행학습이다 해서 모두 파김치가 될 터인데⋯⋯. 말도 안 되는 짓을 했다.

"다음에는, 다음에, 이런 시간에는 나도 좀 초청하여 주시오. 나도 〈강남스타일〉은 안다오."

하며 빙그레 웃었다. 한껏 주눅이 들었던 아이들이 박수를 치며 일제히 함성을 질렀다.

"멋쟁이! 멋쟁이! 교장선생님!"

교장이 교감과 함께 강당을 떠나 운동장을 가로질러 저만치 멀어질 때까지 아이들은 멋쟁이 교장선생님을 연호하였다.

아마데우스 선생은 쑥스러운지 곱슬머리를 쓸어 올리며

"우리들의 파티는 지금부터야. 다음에 교장선생님을 모실 때는 실수 없이 잘 해야겠지? 자, 자―. 연습하자!"

학생들로 구성된 준비위원들이 선정한 우리 가곡 10곡을 연습하고 있다. 모두 진지했고 열심이었다. 이런저런 핑계를 대고 결석하던 아이들도 행사를 준비하면서부터는 결석하거나 조퇴하는 일이 없어졌다.

아마데우스선생은 땀을 뻘뻘 흘리면서 지휘봉으로 탁자를 탁탁 두드렸다.

"소프라노 너! 네 목소리는 아주 예뻐. 그러나 넌 목소리가 조금 튀어! 조금 여리게 하도록! 지휘봉을 보란 말이야! 내일부터는 악보 없이 할 거야. 완전 악보 숙지하도록 해! 테너 파트는 아주 잘했어! 그러나 조금 더 감미롭게, 알았지? 독창이 아니라 합창이란 걸 명심하도록. 합창은 중요하지 않은 사람이 없어. 저 피아노 건반과 같은 거야. 저 그랜드피아노가 건반 중에 하나라도 음이 틀리면 전체가 무용지물인 것과 같은 거야. 그래서 합창은 어려운 거지. 우리는 지금 어려운 일을 하고 있어. 발표하는 그날까지 목 조심하도록! 특히 감기 조심해. 각자 조심들 하겠지만, 서로서로 관심 갖고 도와주도록! 화내거나 신경질 내지마. 목소리와 상관있어. 성대가 긴장하면 굳어지고, 굳어지면 목소리 버려! 크게 웃는 것은 괜찮아. 그리고 흡연하는 친구들― 어느 놈이야? 이참에 끊어! 오늘 연습은 여기까지!"

아이들은 연습시간에 아마데우스 선생과 함께 〈강남스타일〉 춤을 추다가 교장선생한테 들켰던 얘기를 나누며 운동장을 걸었다. 빨간 고추잠자리들이 아이들을 머리 위로 날고 있었다.

12

지난 봄 산불로 황상식 씨가 갑작스레 죽고 나니 토이는 갈 곳이 없었다. 교장은 사정이 딱한 토이를 교장 사택으로 불러들여 같이 살도록 배려했다. 딸은 결혼하였고 마침 아들도 유학차 외국에 나가있었다. 집이 늙은 내외만 살기엔 너무 넓다고 생각했었다.

저녁상을 물린 교장은 토이를 거실로 불렀다.

"토이, 너 서울방송국에서 인터뷰 섭외 들어온 것 알고 있지?"

"네. 담임선생님께서 말씀해 주셨어요. 방송국 기자 선생님들도 만났고요."

"그랬어? 우리 토이 유명인 됐네? 나는 기자들 하고는 인사했다."

교장부인은 신기한 듯

"아니- 토이 얘가 방송에 나와요?"

하고는 놀라운 듯 토이를 아래위로 훑어봤다.

"그래요. 덕분에 나도 카메라 앞에 서 봤다는 거 아니요? 정작 돌아가는 카메라 앞에서 마이크를 잡으니 얼마나 당황스럽던지……. 허, 허-. 그것 참…… 생각보다 떨립디다."

"머리 손질은 잘 하셨어요? 그럴 줄 알았으면 넥타이라도 새것으로 매 드릴 걸……."

"주인공은 내가 아니라 우리 토인걸?"

"그렇게 되나요? 그래, 토이 너는 교장선생님처럼 떨진 않았어?"

"저는 달맞이산 온실, 아니 식물원에서 촬영을 주로 했어요. 친구들도 함께 갔고요."

"마이크 잡고 말은 안 했니?"

"추석특집방송으로 나간대요. 촬영한 것은 편집을 하고, 인터뷰는 스튜디오에서 한다나 봐요. 그래서 마이크를 잡지는 않았어요."

"그럼 그렇지! 너도 나처럼 마이크 잡아 봐라. 머릿속이 하얘진다니까! 너도 좀 떨걸?"

"요새 애들이 선생님 같은 줄 아세요? 토이는 잘할 거예요. 그나저나 토이가 입고 나갈 옷이 변변치 않아서……."

"아이고 여보! 학생이 학생교복 입고 나가면 됐지…… 무슨 옷 걱정을 다 하오? 안 그러냐?"

"예쁘게 나와야 되니까 그렇지요."

"우리 토이는 무엇을 입어도 예쁩니다. 걱정 마요."

교장 부인은 아무래도 걱정이 되는 눈치였다.

"그래, 방송국에는 언제 오라든?"

"내일 모레 아침에 방송국차가 학교로 10시까지 온대요."

"뭐야, 그러니까 널 모시러 방송국차가 오는 거군?"

"네."

"아무튼 우리학교가 전국에 알려지게 되었네. 하긴 우리학교는 지방 명문고니까. 또 나는 그 학교 교장선생님이고!"

교장이 어깨를 으쓱하며 뽐내는 시늉을 했다.

"아이고, 주인공은 선생님이 아니고요, 토이란 걸 기억하세요!"

교장부인과 토이는 깔깔대며 한바탕 웃었다.

군내(郡內) 거리에는 여기저기 플래카드가 내걸렸다.

'한가위! 고향에 오신 걸 환영합니다'

'달맞이산 식물원 개관기념 음악회'

경찰서장의 노고가 이만저만 아니었다. 서장은 직접 차를 몰고 다니며 수고를 아끼지 않았다.

지역 유지들도 관심이 많았다. 원래 순서에 없던 '행운권' 추첨 순서를 특별 순서로 끼워 지역특산물을 선물하겠다며 한우 갈비를 내놓는 이, 햇과일 바구니를 내놓는 이, 잔치에는 술이 있어야 늙은이들도 흥이 난다며 구기자막걸리 주조장 사장은 막걸리와 새로 개발한 신제품이라면서 구기자와인을 내놓았다. 또 지역에서 사물놀이 지도자로 꽤나 유명한 꽁지머리 아저씨는 본업인 과수원 일도 제쳐놓은 채 음악회에 우리 가락이 빠질 수 있느냐며 사물놀이 준비에 흥이 나서 돌아다녔다. 아저씨는 머리를 길러 꽁지를 묶었기 때문에 동네사람들은 그를 '꽁지머리 아저씨'라 불렀다. 명절 대목에 일손이 턱없이 부족한 아주머니는 볼멘소리로 남편에게 '제발 집에 좀 붙어 있으라'며 남편을 나무랐다.

모두 기분들이 들떠 있었다.

학생들이 준비한 96개의 화분도 새로 단장된 식물원에 진열되었다. 화분은 크기나 모양이 제각각이었다. 식물원을 기웃거리던 사람들은 우리나라 들꽃이 이렇게 다양한 줄은 미처 몰랐다며 늘 산이나 들에서 지나쳐 보았던 것들을 새삼스레 들여다보았다.

문제는 음악연습이었다. 아마데우스선생은 아무리 연습을 시켜도 마음에 흡족하지 못한 모양이었다.

"자, 자 눈을 감고 피아노 반주를 들으면서 노래가사를 연상해 봐! 노래는 원래가 시(詩)야. 시가 곧 노래지. 요즘은 시가 없이 그저 혼이 없는 리듬에 매달리다 보니 방향을 잃고 뛰기만 하는 거란 말이야. 아름다운 우리 노래 가사를 음미하면서 다시 불러보자."

저 구름 흘러가는 곳
아득한 먼 그곳
그리움도 흘러가라
파-란 싹이 트고
꽃들은 곱게 피어
날 오라 부르네
행복이 깃든 그곳에
그리움도 흘러가라
저 구름 흘러가는 곳
이 가슴 깊이 불타는
영원한 나의 사랑 전할 곳
길은 멀어도
즐거움이 넘치는 나라
산을 넘고 바다를 건너
구름 흘러가는 곳
내 마음도 따라가라
그대를 만날 때까지
내 사랑도 흘러가라

　"이 노래 「저 구름 흘러가는 곳」이란 시를 쓰신 김용호 선생님이나 작곡하신 김동진 선생님, 그분들이 시를 쓰며 곡을 만드실 때 느끼신 그 감정에 나도 취해 보는 거지. 그래야 제맛이 나거든. 이번에 준비하는 레퍼토리는 너희들이 살아가면서 두고두고 기억될 것이다. 음악에 취미나 재능에 관계없이…… 좋은 추억이 될 것이라 나는 믿는다. 같이 연습하고 함께 노래했던 친구들도 오래오래 생각날 것이고⋯⋯. 두 달 동안 수고들 많았다!"

아마데우스 선생은 합창연습을 마무리 하면서 눈시울이 붉어졌다. 교직에 몸담고 이처럼 혼신을 바쳤던 적이 있기나 했었나 싶었기 때문이다.

"선생님– 감사합니다!"

학생들은 아마데우스 선생에게 모두 일어나 박수를 쳐 주었다. 가슴이 뿌듯했다. 교사만이 누릴 수 있는 행복감이었다.

13

식물원 마당은 많은 사람들로 북적였다.

달맞이산자락에 잇대어 살아가는 주민들뿐만 아니라 모처럼 한가위를 맞이하여 귀향한 가족들과 관공서 직원과 그 가족들까지 찾아왔다. 그들은 훤한 낮부터 새로 단장된 식물원을 둘러보며 놀라워했다.

"여기가 산직이네 집터였었는데⋯⋯. 황 씨가 살았었지? 딸 하나 데리고?"

"그이가 글쎄 올 봄에 죽었지? 산불사고로⋯⋯."

"그 어린 딸은 지금 어디서 산대요?"

"친딸은 아니었다지? 베트남 아이랴."

"차–암, 안됐어요."

"그이가 온실을 지어놓고 우리네 들꽃을 그렇게 정성들여 길렀다던데⋯⋯ 그만⋯⋯."

"그 베트남 딸이 큰일을 했대요. 아버지를 못 잊어 일요일만 되면 혼자 여기 와서는 온실을 다시 만든다고 했답디다. 그런데 그 애 친구들이

도와준다고 함께 시작했대요 글쎄. 일은 그렇게 시작된 거라고 우리 딸
년이 그럽디다. 나중에는 군수님, 경찰서장, 소방대장, 면장……. 팔 걷
고 달라붙어 이렇게 지었지 뭐요. 잘 되었어!"

저마다 듣고 본 대로 한마디씩 했다.

달맞이산 위로 둥근 달이 둥실 떠올랐다. 때를 맞추어 징을 울렸다.
징소리가 달맞이산 골짜기에 울려 퍼졌다. 징소리는 메아리가 되어 되
돌아왔다. 산불로 검게 변했던 산이 이제야 숨을 쉬는 듯했다. 몇 차례
징이 울리자 그를 신호로 사물놀이 패들이 놀이마당을 폈다. 꽹과리,
징, 장고, 북으로 구성된 사물놀이 농악팀에 한바탕 신이 났다.

한바탕 흥겨운 연주를 마치고 물러가자 면장이 앞으로 나섰다. 흥분
한 마음을 가다듬으며 면장은 마당 가득 모여든 사람들을 둘러보았다.

"에- 솔직히 저는 이제껏 살아오면서 오늘같이 가슴 벅찬 날은 처음
입니다. 에- 솔직히 오늘같이 많은 분 앞에 서보기도 처음이고요. 에-
한가위 보름달이 저렇게 큰 것도 처음 본 듯합니다. 지난 봄 산불 때는
에- 솔직히 눈앞이 깜깜했습니다. 아직 저 산은 보시는 바와 같이 새카
만데……. 여기 이렇게 훌륭한 식물원을 마련하게 되어 에- 솔직히 면
장으로서 기쁘기 한량없습니다. 공식적인 개관은 내일 오전 열 시에 이
자리에서 거행하겠습니다만, 에- 오늘 밤엔 그간 우리 학생들이 준비
한 음악회를 열도록 하겠습니다. 자 그럼 음악회 진행을 맡은 학생을 소
개해 올리겠습니다."

면장은 긴장했는지 단에서 내려오자마자 이마에 흐르는 땀을 소매
끝으로 닦으며 물병을 찾았다. 남학생 한 명과 여학생 한 명이 무대로
나왔다. 무대라고는 하지만 특별히 마련된 것은 아니고 식물원 입구로
올라가는 돌계단이었다. 사회를 맡은 학생들의 부모들은

292

"준석아~ 잘 혀!"

"우리 딸 예쁘다!"

하고 고함을 치면서 흐뭇한 마음을 누가 알아주길 바라는지 주위를 계속 두리번거리자

"어서 앉아요. 알았어요."

하고 주위 사람들이 성화를 부리자 마지못해 자리에 앉았다.

두 학생은 한복을 곱게 차려입고 있었다.

"안녕하세요? 사회를 맡은 한준석, 박보배 인사드립니다."

관객들은 환호성을 질렀고, 사물놀이 패는 징을 쳐댔다.

"그럼 저희들이 준비한 합창을 하기에 앞서 여러분, 먼저 스크린을 봐주시기 바랍니다."

커다란 스크린에 영상이 뜨고, 토이의 활짝 웃는 얼굴이 나타났다. 방송국에서 촬영한 것이었다.

"아니, 쟤는 그 베트남 학생 아녀?"

"그러게. 예쁘게도 생겼네."

세련되고 깔끔하게 생긴 방송국 엠시가

"시청자 여러분! 오늘은 한가위 특집 방송으로 충청도 칠갑산자락에 위치한 한 시골학교 학생들이 마련한 음악회를 보내드리겠습니다. 이 음악회가 열리기까지 많은 관심과 지원을 아끼지 않으신 분들께 먼저 감사의 말씀을 드립니다. 그리고 합창에 참여한 많은 학생들 가운데서 한편의 드라마 같은 삶을 살고 있는 한 학생을 소개해 드리겠습니다."

하며 토이와 세 친구를 소개했다. 출연한 학생의 부모들은 딸이 방송에 나왔다고 어깨를 으쓱대며 괜히 헛기침을 해댔다.

"토이 양! 우리는 토이 양이 베트남 출생으로 알고 있습니다. 맞지요?"

"네. 베트남 북부에 위치한 하롱베이가 고향입니다. 선생님은 혹시 하롱베이에 가보신 적이 있으세요?"

"아직. 아주 아름다운 관광지라는 것만 알고 있습니다."

"한국도 아름답지만 베트남도 아름다운 곳이 참 많아요. 한 번 꼭 하롱베이에 가보세요."

"그래야 되겠군요. 토이 양, 그동안 어려운 일도 많았을 것으로 생각됩니다."

"많았어요. 누구에게나 어려운 일은 있다고 생각해요. 그러나 어려운 일이 없기를 바라는 것은 욕심일 거예요. 그보다는 어려운 그 일들을 어떻게 극복하느냐 하는 일이 중요하다고 생각해요. 선생님께서도 어려운 일이 있으시죠?"

"있고말고요. 그런데 이상하군요. 마치 토이 양이 엠시고 우리가 게스트 같은 생각이 듭니다. 하, 하."

토이가 미소를 지었다.

"우리가 알기로는 오늘 열리는 음악회는 특별한 의미가 있다고 들었습니다. 산불로 달맞이산이 크게 훼손되었는데, 그 자리에 학생들의 아이디어로 식물원이 개관되어 이를 축하하기 위해 열리는 음악회로 알고 있습니다. 토이 양! 간단히 설명을 해 주실 수 있습니까?"

"오늘 열리는 음악회는 식물원 오픈을 축하하기 위한 음악회는 아니라고 생각해요. 누가 누굴 축하하는 음악회가 아니라, 우리가 우리 자신에게 들려주는 음악회라고 생각합니다. 제게는 개인적으로 큰 의미가 있지만……"

토이는 말끝을 흐렸다. 말소리가 약간 흔들렸다고나 할까? 목이 메었다고나 할까?

스크린에는 지난 봄, 산불이 번지는 장면과 폐허가 된 시커먼 산등성과 골짜기들을 비추고 있었다.

"개인적인 큰 의미는 무엇일까요?"

"제 아빠, 그래요. 제 아빠 때문입니다."

"아빠라면? 여기에 사셨던 황상식 선생을 말씀하시는 것이지요?"

"네. 그분은 이름은 드러나지 않았지만 제게는 위대한 분이셨죠. 또 비록 눈에 잘 띄지는 않았지만 큰일을 하신 분이셨어요. 아빠는 베트남 전쟁에 참전하셨던 분이시죠. 총을 들고 베트남, 그러니까 우리나라 베트남에 와서…… 명분과 목적은 달랐지만 정말 순수한 마음으로 인류의 자유와 세계의 평화를 위해 참전하신 분이세요. 전쟁환청 때문에 정신적인 큰 아픔을 지니고, 고엽제 후유증으로 몸이 망가지신 채 가족도 뿔뿔이 흩어지고 가정도 잃으신 분이셨습니다. 누군가의 위로가 필요한 분이셨는데……. 누구도 그분을 위로해 준 이는 없었습니다. 아빠는 늘 그러셨죠. 너와 나 둘이서 위로하며 살자……. 결국은 산불 때문에 돌아가셨지만……."

토이는 눈물을 흘리고 있었다. 토이 세 친구도 눈물을 훔쳤다. 스튜디오는 잠시 침묵이 흘렀다. 스크린 앞에 앉아 영상을 감상하던 사람들도 물을 끼얹은 듯 숙연했다. 토이가 눈물을 뚝뚝 떨어뜨리는 징면이 스크린에 클로즈업 되었다. 그러나 입가에는 잔잔한 미소를 짓고 있었다.

"아 그런 분이셨군요? 숨은 이야기가 많을 것 같습니다. 시간이 부족해서 아쉽습니다."

토이는 언제 눈물을 보였느냐 싶게 밝은 얼굴로 미소를 띠며

"엠시 선생님, 꽃 좋아하세요?"

하고 화제를 바꾸려 했다.

"그럼요. 장미, 백합 등 다 좋아합니다만……."

말끝을 흐리는 화법은 엠시로서는 안 된 일이지만, 토이의 질문은 당혹스러웠다.

"우리 아빠, 꽃을 참 좋아하셨어요. 화려한 꽃만을 좋아하시지는 않으셨지요. 그저 그렇고 그런 꽃들이었지요. 그래서 여기에 작은 온실을 마련하시고 꽃을 가꾸셨는데 그만……."

"그래서 토이 양이 온실에 애착을 가지시는군요?"

"저는 아빠로부터 남다른 사랑을 받았어요. 제가 베트남 아이라서 그러셨는지도 몰라요. 아빠는 베트남 사람들에게 늘 미안해 하셨죠. 그래서 저를 딸로 받아주셨는지도 모르고요. 아무튼 저는 아빠께 많은 사랑의 빚을 졌지요. 갚을 길이 없어요. 제가 생각한 것이 온실을 꾸미는 거였어요. 아빠와 제가 가장 아끼고 정성들여 보살핀 것이 꽃들이지요. 그래서 시작한 것인데……."

스크린에는 식물원에 진열된 학생들의 화분들이 스치듯 지나갔다. 여기저기서 학생들이

"저것 봐! 저것 봐!"

하며 탄성을 질렀다.

스크린에 앙증스런 작은 꽃이 클로즈업 되면서 토이의 환한 얼굴이 나타났다. 엠시는 토이 친구들에게 토이의 별명이 뭐냐고 물었고, 친구들은 한목소리로 "토이 별명은 '울토이' 예요." 하고 대답했다.

"울토이가 무슨 뜻이지요? 토이는 이름인 듯하지만."

"잘 울어서 울보, 울보 토이, 줄여서 '울토이' 라고 불러요. 친구들이-."

"토이 양, 잘 우는가 보죠?"

"친구들은 제가 울보라서 제 별명을 '울토이' 라고 했다지만, 저는 그

렇게 듣지 않았어요. '울토이'는 우리 토이. 우리를 줄여서 울, '울토이'라 불러준다고 생각하고 있어요. 멋있죠? 호, 호, 호."

"그래요. 멋집니다. 울토이! 아— 시간이 아쉽습니다. 더 많은 얘기를 나누어야 되는데……. 자—그럼 음악회가 열리고 있는 충청도 달맞이산으로 가실까요?"

정확히 10분간의 인터뷰였다. 사회자 학생들이 다시 등장했다. 남학생이

"이곳에는 군수님도 오셨고요, 초등학교 중학교 고등학교 교장선생님들과 선생님들 그리고 경찰서장님 소방대장님…… 많은 분들이 참석해주셨습니다."

하고 소개를 하자, 여학생이

"축하 전문도 있습니다! 주한베트남대사께서 축하메시지를 보내주셨습니다. 감사합니다. 시간관계로 메시지를 전부 낭독해 드릴 수는 없고 요약하면 '우리 토이 사랑해 주셔서 감사합니다'라고 하셨습니다."

하고 소개하자 모든 사람들이 박수를 쳤다. 사회자 남학생은

"이 음악회는 지금 생방송으로 전국에 방송되고 있다는 것을 말씀드리면서 지금부터 합창공연을 시작하겠습니다. 짜—잔—."

하며 익살을 떨며 들어갔다.

전교생으로 구성된 합창단이 교복을 단정히 입고 식물원 앞 뜰 계단에 자리했다. 아마데우스 선생과 반주를 맡은 여학생이 손을 흔들며 등장했다. 아마데우스 선생이 지휘봉을 잡고 반주하는 학생과 눈으로 사인을 주고받는 순간에 느닷없이 사회자 여학생이 뛰어 나왔다. 모두 의아해서 두리번거리는데

"죄송합니다. 연주가 시작되기 전에 이 말씀을 꼭 알려드리고 싶어서

나왔습니다. 다름이 아니라 우리 멋쟁이 교장선생님은 보시는 바와는 달리 독재자라는 것을 알려드리려는 것입니다."

"…… 독재자?"

여기저기서 수군대기 시작했다.

"교장선생님이 왜 독재자시냐? 궁금하시죠? 제가 해명을 해 드리겠습니다. 우리 학교는 전교생이 96명입니다. 그런데 멋쟁이 교장선생님 께서는 96명 중 한 명이라도 빠지면 음악회는 취소한다고 협박하고 닦달을 하셨습니다. 96명 전원이 참여한다는 것! 얼마나 힘든지 아마 모르실 겁니다. 노래를 잘 못 부르는 학생도 분명 있습니다. 그러나 우리 학교 전교생 96명! 한 사람도 빠짐없이 여기에 섰습니다. 그러니 교장 선생님은 지독한 독재자가 아니시겠습니까? 여러분ㅡ."

모두 와ㅡ아 하고 웃었다.

"이 독재자는 다음 달이면 정년을 하십니다. 우리 학교는 독재자가 필요합니다. 96명 전교생은 이번 음악회를 준비하면서 많은 것을 느끼고 배웠습니다. 독재자로부터……. 우리 독재자는 정년하시면 여기 세워진 식물원 원장으로 취임하시게 됩니다. 여기저기서 채집된 우리 꽃들! 모양이 다르고 크기가 다르며 색깔과 향기가 제각각인 꽃들에게 독재자가 필요하다고 생각되면 박수 한 번 힘껏 쳐주세요."

우레와 같은 박수소리가 달맞이산에 울려 퍼졌다. 박수소리는 마치 달맞이산의 맥박과도 같이 들렸다.

아마데우스선생은 잡았던 지휘봉을 내려놓고

"독재자 교장선생님ㅡ 잠시 나와 주시겠어요?"

하며 교장을 앞으로 모셨다.

"한 말씀 하셔야 되겠습니다."

교장은 잠시 생각하더니

"참 빠르네요. 선생 소리 들은 지 어느 덧 42년. 어려운 일도 많았지만 오늘같이 기쁜 날도 있습니다. 산불에 모든 게 타버린 달맞이산에도 내년 봄에는 새싹이 움트겠지요. 절망은 끝이 아닐 겁니다. 우리 딸, 토이가 나한테 말한 적이 있어요. '누구에게나 상처와 아픔은 있다. 그런 시련을 나만이 겪는 것이란 생각은 말라. 그보다는 극복하겠다는 의지가 필요하다' 라고요. 저는 평생을 가르치고도 아직도 배울 것이 많다는 것을 토이한테서 배웠습니다. 까맣게 타버린 이 산! 저기 작은 식물원에서 시작하겠습니다. 반드시 달맞이산은 푸르고 울창하게 변할 것입니다."

비장하리만치 힘주어 말했다. 청년 같았다.

"아무래도 첫 곡은 교장선생님의 지휘로 시작하는 것이 좋겠습니다. 자― 지휘봉 잡으시죠."

교장은 절레절레 손사래를 치며 사양했다.

"그냥 교장선생님께서 〈강남스타일〉 말춤을 추시든, 무엇을 하시든 상관없습니다. 몸을 흔드시기만 하면 됩니다. 자― 그럼 시작합니다."

아마데우스 선생은 선창으로

달 달 무슨 달
쟁반같이 둥근 달~

식물원 뜰에 모인 사람들은 한 목소리로 따라 불렀고, 교장은 지휘봉을 들고 말춤을 추기 시작했다. 꽃 같은 아이들이 웃음을 참느라 애를 썼다.

달 밝은 가을밤에 부르는 작은 꽃들의 합창은 달맞이산 멀리멀리 울려 퍼졌다.

합창단 앞줄에 서있는 토이는 둥근 달을 쳐다보았다. 베트남 하롱베이에서 엄마와 함께 바라보던 달을 생각하고 있었다.

 예시원

경남도민일보 지면평가위원, 칼럼니스트
한국항공우주산업 대외협력실 근무
한국문협 회원, 계간 詩와늪 주간, 심사위원
시와사람, 한국산문, 문예감성 등단
詩와늪 추천작가, 창조문학신문 특선시인
웹진 시인광장 2013 올해의 좋은 시 선정
다층, 유심, 불교문예, 문예감성 작품활동
한국문학신문, 한국문학방송 작품활동

똠방각하와 노식이

1

오늘따라 전화벨이 요란하게 울어댄다.

"여보세요, 음…… 그래 잘 지내? 나야 늘 그렇지 뭐, 뭐라고? 어 축하할 일이네, 어이구야 축하한다."

통화를 하면서 강덕수는 볼이 흉하게 일그러졌다. 그가 기분이 더럽게 나쁠 때 나타나는 현상이다. 통화를 끝낸 강덕수는 '꽝' 소리를 내며 수화기를 내려놓았다.

"새끼, 건방진 놈이 진급을 해? 새끼가 말이야."

"예? 저 말입니까?"

"아니, 너 말고, 내 동기놈이 진급을 했다는구먼, 건방진 새끼."

강덕수는 사관학교 동기가 대령으로 진급했다는 연락을 받고 심기가 단단히 틀어진 것이다. 그는 자신이 알고 있는 모든 사람들이 경쟁의 대상이고 그들이 조금이라도 잘되면 아니꼬워서 못 견뎌 했다. 자신이 군대에서 진급을 하지 못하고 소령으로 예편한 것에 대해 늘 열등감을 느끼고 있었던 것이다. 그 후 예비군 지휘관 시험을 거쳐 겨우 직장 예비군 중대장으로 근무할 수 있게 된 것이다.

사회에 나와서도 그는 군대에서의 습성을 버리지 못하고 주변 사람들에게 늘 무식하다는 소리를 들으며 빈축을 샀다. 부서 회식을 할 때도 자기가 나서서 부서원들의 서열을 매겨 앉는 좌석을 지정해 주었다.

"김 대리 너 거기 앉고, 조 차장은 여기 그리고 팀장님은 가운데 이쪽으로 앉으시죠."

분위기가 무르익으면 자신이 전체의 좌장 노릇을 해야만 직성이 풀렸다.

"어이 김 대리 너 인마, 무릎 꿇고 팀장님께 술 한 잔 따라드려. 그래, 그렇지."

덕수는 기분이 틀어지면 일행 중 누군가를 한 명 지정해서 스트레스를 주는 것이다. 누군가에게 자기가 열 받은 것을 꼭 풀어야만 했다. 자기가 따라주는 술을 빨리 마시지 않는다고 트집을 잡고 눈을 부라리며 상대방의 술잔을 자신의 잔으로 슬슬 밀어버리는 것이다. 이때 동작을 빨리 하지 못하면 술잔이 엎어져 기어이 바짓단을 적시고 만다.

부서 전체 회식을 하던 중 한바탕 소란이 벌어졌다. 조 차장이 분을 참지 못하고 술상을 엎어버린 것이다. 사건의 발단은 물론 강덕수였다. 하필이면 조 차장을 강덕수 앞에 앉혀놓고 조져버린 것이다. 나이도 어린 조 차장이 앞질러 진급한 것에 대해 상당히 불쾌했던 감정을 해소하기 위해 골탕을 먹인 것이다.

"야, 조 차장 너 왜 인마 술 빨리 안 마셔? 내가 따라주는 술은 기분 나빠 못 마시겠다는 거야 뭐야?"

자신의 버릇대로 술잔을 슬슬 밀어서 조 차장의 바지에 소주를 적시고 말았다.

"어? 어이구 미안하구먼, 그러게 왜 빨리 술 안 마시는 거야? 사람이 동작이 빨라야지."

"괜찮습니다. 이 정도야 뭘."

"안 괜찮으면 어쩔 건데?"

강덕수는 한 번 물면 놓지 않는 더러운 습성이 있었다. 불쌍하게도 조 차장이 제대로 걸려든 것이다.

"너 술잔 쏟았으니 이번엔 벌주로 곱빼기야."

강덕수는 조 차장에게 맥주잔을 건네고 소주를 가득 따라주며 마시라고 강요했다. 팀장이 강덕수를 제지하며 눈치를 줬지만 그는 안하무인이었다.

"강 과장, 술은 적당히 각자 주량대로 마시게 해요. 왜 그렇게 강요를 하나? 여기가 군대인가?"

"아, 예. 알겠습니다. 하지만 오늘은 모처럼 부서회식인데 기분을 살려야 하지 않겠습니까. 헤헤."

강덕수는 '강 과장'이라는 직함 때문에 더 기분이 틀어졌다. 자신보다 나이가 밑인 조 차장을 앞에 두고 심한 모멸감이 든 것이다.

"거 왜 팀장은 애들 보는 앞에서 강 과장, 강 과장 하는 거야? 새끼가 말이야."

강덕수는 앞에 있는 조 차장에게 눈을 부라리며 또다시 술을 강요했다.

"어이, 인마! 조 차장 너 차장이라고 나한테 유세 떠는 거야 뭐야? 빨리 술 안 마셔? 그리고 너 중위로 제대했지? 학군 몇 기야? 새끼, 중위 주제에 소령 앞에서 건방지게."

강덕수는 조 차장에게는 계급으로 건방을 떨지만 실제로는 정규 사관학교도 아닌 2년제 사관학교를 꼴찌로 겨우 졸업한 골통이었다. 불쌍한 조 차장은 맥주잔에 가득 담긴 소주를 털어 넣고 급하게 잔을 덕수에게 내밀었다.

"아, 아 후레아들 삼배야. 이거 왜 이래? 세 잔 마시고 나한테 넘겨."

홧김에 조 차장은 기어이 막소주를 세 잔 연거푸 마시고 잔을 내밀었다. 그 눈동자는 이미 초점을 잃은 채 벌겋게 달아오르고 있었다. 덕수는 조 차장이 내민 잔에다 자작으로 소주를 반쯤 따라서 홀짝 마시고는 그만이었다.

"자, 자 이제부터는 내가 특급으로 제조해서 한 잔씩 쫘악 돌리겠습니다."

덕수는 맥주잔을 열 개 가져다 놓고 맥주와 소주를 반쯤 섞은 폭탄주를 만들어 모두에게 돌렸다. 순간 머리꼭지가 돌고 눈에 불이 붙은 조 차장이 술상을 와장창 엎어버렸다. 초고추장이 튀어 팀장의 흰 와이셔츠를 벌겋게 물들여버렸다. 벌건 초고추장을 보는 조 차장의 눈자위도 핏빛으로 물들기 시작했고 덕수는 속으로 쾌재를 부르고 즐거워했다.

"그래 이놈아, 더 미쳐 날뛰어라 더. 흐흐흐."

"조 차장 자네 왜 그러나?"

팀장은 사태를 짐작했다. 보나마나 덕수의 장난 짓이 분명했던 것이다.

"강 과장 자네 또."

얼굴이 벌겋게 달아오른 조 차장은 덕수에게 대들었다.

"씨팔, 내 술은 술이 아니야? 왜 내게는 술 퍼먹이고 자기는 안 먹는 거야, 왜?"

"으흠, 야! 인마, 술은 자기 주량대로 마셔야지 무슨 소리야?"

눈동자를 동그랗게 굴리며 덕수는 능청을 떨었다. 결국 폭발해버린 조 차장은 술상을 다 엎어버리고 식당 전체를 난장판으로 만들어버렸다. 부서원들은 하나 둘 자리를 털고 달아나버리고 팀장은 덕수에게 사태를 수습할 것을 지시하고 가버렸다. 마지막까지 남은 건 조 차장과 추 대리뿐이었다.

"어이, 추 대리. 네가 남아서 쓰레기 좀 치워, 저 인간쓰레기 같은 새끼."

덕수는 조 차장을 인간쓰레기로 부르며 바람처럼 휙 사라졌다. 조 차장은 숨을 헐떡거리며 추 대리에게 기대었다. 아직도 분이 삭지 않았는지 맥주잔을 쥐고 벽에 부딪쳤다. 조 차장의 손은 순식간에 시뻘겋게 물들고 붉은 꽃잎들이 바닥으로 뚝뚝 떨어졌다.

"추노식, 노식아. 이런 꼴 보여서 미안하다."

"형님, 왜 이러세요. 손이나 좀 봅시다. 유리조각 안 박혔는지."

강덕수는 비위가 상하면 이런 식으로 여러 사람이 보는 앞에서 자신이 찍은 사람을 완전히 묵사발로 만들어야 직성이 풀리는 성격의 소유자였다.

2

추노식 36세, 회사원. 그는 공대를 졸업하고 현재의 직장에 입사하여 5년간 엔지니어로 근무를 했었다. 중간에 몸이 좋지 않아 휴직을 하고 요양한 후 복직했으나 보직이 주어지지 않았다. 회사에서는 이번 기회에 적당히 손을 봐서 잘라버리라는 암묵적인 강요였다. 휴직하기 전 상사의 업무 비리를 감사팀에 제보한 것이 화근이었다. 한 마디로 조직 내 배신자이기 때문에 건방지다는 것이었다. 그로 인해 주변 동료들과 상사로부터의 지속적인 따돌림과 스트레스가 원인이 되어 결국 휴직하게 된 것이다.

일 년간 별다른 보직 없이 멍하게 컴퓨터 화면만 쳐다보며 버티었다. 그것도 중앙 전산 시스템 팀에서 수시로 해킹하여 시스템을 파괴하고 조작하는 등 스트레스를 주는 악랄한 짓을 참아내야 했다. 의지의 사나이 추노식, 그는 결국 일 년을 버틴 끝에 누구도 가기 싫어하는 예비군 중대에 인사명령이 떨어졌다. 강덕수 중대장과 추노식의 악연은 그렇게 시작된 것이다. 사무실을 옮긴 후 출근 첫날부터 덕수는 노식에게 정신개조 작업을 시작했다.

"어이, 추 대리. 차 한 잔 가져와 봐. 너 커피 탈 줄 알지?"

덕수는 노식을 그렇게 철저한 동사무소 방위병으로 만드는 작업을 시작했다. 업무지시가 떨어지면 즉각 행동에 옮기도록 강요했고, 문서도 컴퓨터를 '탁' 하고 치면 '툭' 하고 나올 수 있도록 하라는 것이었다. 노식은 박종철이 물고문 당하다 죽었을 때 '탁' 하고 치니 '억' 하고 죽더라는 말이 떠올랐다.

"이건 고문이구나. 하지만 한번 견뎌보자. 네 놈이 원한다면 우선 철저한 개 노릇을 해주마. 시간이 흘러 네 놈의 껍데기를 벗겨 주마."

회사에서는 노식에게 의도적으로 작정하고 예비군 중대로 인사명령을 낸 것이었다. 철저히 자존심을 짓밟고 개로 만드는 훈련을 시키는 것이었다. 못 견디면 스스로 나갈 수밖에 없도록 덫을 놓은 것이나 다름없었다. 직장에서 예비군 중대로 갔다는 것은 모든 인사고과나 진급에서 배제되는 수모도 감수해야 한다는 것을 의미했다.

덕수는 한 마디로 똠방각하였다. 작은 공화국을 다스리는 영주로서 무소불위의 권력을 쥐고 흔드는 줄 착각하고 있는 사나이다. 추노식은 그런 덕수를 보면 텔레비전에 자주 등장하던 머리 벗겨진 전 장군이 생각났다. 이름 하여 똥 징군.

"음. 그래 그래야지. 새끼들."

그는 전화 통화 할 때마다 말끝에 새끼 또는 또라이 새끼들이란 소리를 습관처럼 달고 다녔다. 회사 전체 행사 때마다 맨 앞에서 인원 통제하던 재미도 쏠쏠했다. 군대에서처럼 자기 말 한마디에 많은 사람이 차렷, 열중 쉬엇 하며 움직여 주었기 때문이다. 어느 날 공장장의 지시로 모든 행사 때 총무담당인 조 차장이 인원점검과 행사진행을 하게 되었다. 당연히 마이크도 조 차장 담당이었다.

덕수는 한동안 입에 '씨팔 씨팔'을 달고 다니며 공장장과 조 차장을 노골적으로 씹고 다녔다. 그러다 보니 애꿎은 예비군 대원들만 훈련 때마다 힘들게 이리 뛰고 저리 뛰어 다녔다.

"야, 이 새끼들아. 초소 이동할 때마다 무전기로 보고하란 말이야."

마주치는 대원들마다 돼지처럼 '꿱꿱' 소리 지르며 다녔다. 그러던 중 어느 날 노동조합 간부를 하던 예비군 대원에게 된통 얻어 걸리고 말았다.

"중대장님. 거 좀 말뽄새 곱게 씁시다. 우리가 나이가 몇인데 이 새끼 저 새끼요? 그리고 우리가 현역병들이요? 군대 제대한 지가 언젠데 아직도 사병 취급이란 말이요?"

덕수는 얼굴이 벌겋게 되어 씩씩거리기만 할 뿐 아무 대꾸도 하지 못했다.

그는 군대에서도 진급하지 못해 소령으로 간신히 전역하고 예비군 지휘관으로 임명되고도 회사에서 과장 직급의 대우밖에 해주지 않는다는 이유로 늘 불만을 가지고 있었다. 엎친 데 덮친 격으로 여러 가지 신변에 변화가 일어나자 그는 히스테리적 성격이 되어 애꿎은 노식만 들들 볶기 시작했다.

강덕수는 사무실에 같이 있을 때면 평소처럼 사무적인 업무지시를 하다가도 꼭 사람들이 많이 모인 장소에서는 고래고래 고함을 질러댔다. 자기과시 욕구를 그런 식으로 푸는 것이다. 노식은 몇 차례 그런 인격적 모독을 참을 수 없어서 시정해 줄 것을 요구했다. 하지만 덕수는 시간이 지나면 곧 잊어버리고 여전히 안하무인 뜀방각하가 되고 마는 것이었다.

덕수는 일과시간이면 노식에게 모든 것을 맡겨 버린 채 골프장이나 부동산 사무실 같은 곳을 기웃거리며 유람을 다녔다. 한마디로 국가에서 인정한 날건달인 셈이다. 그런 덕수를 보고 노식은 혀를 찼다.

"국민의 세금을 받아서 저런 날건달들을 먹여 살리는구나. 쯧쯧."

노식은 심적으로 고통스러울 때도 많았지만 잘 적응하고 덕수의 비위만 잘 맞춰주면 육체적으로 편할 때도 있었다. 단순 무식한 중대장은 때마다 식사나 술대접을 상납하면 한동안은 흡족해서 잘 대해 줬기 때문이다. 그런 그가 경비대장을 내쫓아 버린 사건이 있었다. 경찰 출신 경비대장이 워낙 융통성 없이 원칙대로만 근무를 하다 보니 중대장은 못마땅했다. 보다 못한 노식은 경비대장에게 넌지시 조언을 해 주었지만 소용이 없었다.

"경비대장님, 한 번씩 중대장님께 식사 대접이라도 좀 하세요. 술도 한잔 사시고요, 싫더라도 한번씩 인사치례를 해 놓으면 좀 낫습니다."

"우리는 그렇게까지 해서 직장생활 안 할랍니다. 근무만 열심히 잘하면 되지 그런 것까지 바라는 사람이 나쁜 것 아닙니까?"

"물론 그렇기는 하지요……."

탐욕스런 돼지 같은 중대장은 경비대장에게서 별로 얻어먹을 만한 것이 없다 싶으니까 노골직으로 괴롭히기 시작했다. 결국 경비대장의 옷을 벗기고 자신이 잘 아는 사람을 경비대장으로 앉혔다. 노식은 옆에서 이 모든 것을 지켜보며 세상 사는 요령을 터득해 나갔다. 하지만 이런 것은 결코 옳지 않다는 것은 분명히 새겨두었다.

"월급을 따져도 자기의 절반도 되지 않을 경비들에게 밥 얻어 처먹고 술 얻어 처먹으면 기분이 좋을까?"

그러나 어이없게도 강덕수는 벼룩의 간을 빼먹고 모기 피를 쪽쪽 빨아 먹고도 아주 기분이 흡족해 할 그런 사람이었다. 그는 태생적으로 그런 흡혈귀 같은 잔인성을 타고난 것 같았다. 그런 접대를 받고 나면 며칠간 기분이 고조되어 만나는 사람마다 반갑게 인사하며 다녔다.

"아이구, 오랜만이야, 요즘 신수가 좋아, 언제 술 한잔 해, 으하하하."

술 한잔 하자는 소리는 자기가 낼 것처럼 말해도 상대방에게 사라는 뜻이다. 게걸스럽게 맛 좋은 점심이라도 얻어먹고 나면 기분 좋게 이빨을 쑤셔댔다. 그러다 성에 차지 않으면 사무용 클립을 손으로 확 펴서 이빨을 쑤셔댔다. 노식은 덕수가 하는 짓들이 점점 혐오스러웠다.

"참으로 징그러운 놈이다."

그런 강덕수에게 드디어 날벼락이 떨어졌다. 공장이 통합되면서 본사 예비군대대와 중대가 하나로 합쳐진 것이다. 예비군 중대는 결국 소대로 격하되고 덕수는 본사 대대장의 지휘 통제를 받게 되었다. 이제껏 독립적으로 마음껏 무소불위의 권력(?)을 누리던 중대장은 하루아침에 상급자가 생긴 것이다. 자기 위에 아무도 없는 것처럼 팀장조차도 무시하던 그는 속이 뒤틀어지기 시작했다.

3

덕수는 통합하기 전까지 본사에 수시로 업무보고를 하기 위한 출장이 잦아지면서 부쩍 신경이 날카로워졌다. 습관처럼 늘 "씨팔, 씨팔"을 중얼거리며 대대장을 씹고 다니기 시작했다. 덕수는 천성적으로 자기 위에는 아무도 없이 혼자 세상을 살아온 사람 같았다. 누가 자기에게 조금이라도 기분에 거슬리는 말을 하면 참지 못하는 성격이었다. 군대시절 경력도 무식하기 이를 데 없는 공수부대 출신이었다. 그것도 5·18

광주학살 때 박달나무 몽둥이로 시민들을 짐승처럼 때려잡던 흉포한 자였다. 그 잔인성이 사회에 나와서까지 계속 이어지고 있었던 것이다.

그는 기분이 수틀릴 때마다 공수부대 시절 입었던 군복을 다시 꺼내어 입고 회사 안을 마치 시위하듯이 거드름을 피우며 돌아다녔다. 그럴 때마다 사람들은 뒤통수에다 "저런 무식한 놈" 하면서 손가락질했다. 그러나 정작 당사자인 덕수는 뻔뻔함이 타고난 것인지 진짜 무식한 것인지 전혀 느끼질 못했다. 노식은 그런 중대장 밑에서 근무하며 다른 건 몰라도 이 험한 세상을 살기 위해서 덕수의 무식함을 조금은 닮고 싶었다.

"천하무적이구나, 천하무적."

그런 천하무직도 이젠 대대장의 임무를 받고 수행해야 하는 부하직원의 신분이 된 이상 덕수도 더 이상 대장이라고 할 수가 없었다.

그랬다. 덕수는 본사에 온 이후에도 끊임없이 이 사람, 저 사람의 험담을 하고 다녔다. 마음에 들지 않는 사람은 곧 공격목표가 되어 씹고 다녔다. 처음엔 자신의 말을 들어주던 사람들도 곧 덕수의 잔인성에 질려 등을 돌리고 말았다. 그는 자신을 대접해 주지 않는 사람에게는 반드시 말로써 복수를 해주는 못된 버릇이 있었다. 자신의 상급자인 대대장도 씹고 다녔으니, 회사 내에서는 몹쓸 사람으로 낙인찍히고 만 것이다.

옛말에 호랑이 피하려나 어우 민난다고 했던가. 중대장을 음흉한 늑대나 멧돼지에 비유하면 대대장은 교활하고 영악한 여우 같았다. 군복을 입었던 사람들에겐 이상하리만치 음흉한 습성이 있었다. 그것은 다른 사람들 사이를 기가 막히게 이간질을 잘 시킨다는 것이다. 싸움을 붙여놓고 자기는 쏙 빠져 버리는 것이다. 그리고 다른 사람을 곤경에 빠트려 놓고 굉장히 즐거워하는 습성이 있었다. 일종의 사디즘과 같은 정신질환 같았다.

사디즘은 다른 사람을 괴롭히는 것을 통해서 성적만족을 얻는 성도 착의 한 종류를 말한다. 타인에게 괴로움을 주는 것으로써 성적 만족을 얻는 경우로 주로 상대방이 동의하지 않은 상태에서 고통을 주는 것을 반복하며 때로는 상대방의 동의하에 심한 모욕과 가벼운 상처 만들기 나 영구적이며 치명적인 손상을 입히는 것으로 성적만족을 얻는 경우 다. 노식은 그런 군 출신들을 두 사람이나 상급자로 모시면서 도움 되는 것을 잘 배우되 나쁜 것은 철저히 버리는 살얼음판과도 같은 생활을 하였다.

덕수는 통합 이후에도 노식이 예전처럼 자기의 수족처럼 말을 잘 들으리라 생각했지만, 노식은 이제 새로운 대대장의 업무지시 외엔 움직이지 않았다. 덕수는 그 버릇이 도져서 회사 전체를 다니며 노식을 씹어대기 시작했다. 처음엔 덕수의 말을 그대로 믿었던 사람들은 노식을 이상한 놈으로 취급하며 외면했지만 곧 사실을 알게 되었다. 덕수는 대대장도 씹다가 노식을 씹다가 마음대로 되지 않자 자기 성질에 자기가 못이겨 생병이 날 지경이었다.

한 사무실에 대장이 두 명 있으면 한 명은 죽어 주는 게 조직의 생리다. 죽지 않으면 결국 억지로 밟히게 되어 있다. 결국 밟히고만 덕수는 대대장이 임기가 끝나고 퇴직할 날만 손꼽아 기다리고 있었다. 그러나 대대장도 그리 만만하고 호락호락한 사람이 아니었다. 자신이 퇴직한 이후에도 중대장이 까불지 못하도록 조직편제를 조정해 놓은 것이다. 예비군 인원수를 조정해서 대대를 중대로 격하시켜 독립중대가 아닌 팀에 예속된 조직으로 흡수시켜 버린 것이다. 결국 이래나 저래나 덕수는 이제 과거의 기고만장하던 똠방각하 노릇을 두 번 다시 하지 못하게 되었다.

노식은 이제 어지간한 일에는 눈도 깜짝하지 않는 내공이 쌓였다. 조직 내에서 따돌림 당해 예비군 중대로 보직발령이 났지만 오히려 그것이 전화위복이 된 것이다. 중대장과 대대장, 늑대와 여우 사이에서 산전수전을 겪다보니 저절로 생존술을 터득하게 된 것이었다. 회사에서는 미운 오리 새끼를 털 벗기고 잡아먹으려 보낸 호랑이 굴에서 노식은 호랑이 새끼로 변해 버린 것이다. 이제 한 마리의 호랑이가 되어버린 노식은 변종아메바처럼 어떤 악조건의 조직에서도 살아남을 수 있는 힘과 능력을 축적하게 되었다.

사람은 회사든 학교든 음식점이든 또는 종교단체든 조직과 연관된 곳에서 깨어있는 시간 대부분을 보낸다. 그만큼 조직이 우리 삶에서 큰 범주를 차지하고 있는 것이다. 노식은 이론적인 연구보다도 자신이 몸소 한 체험을 통해 조직의 생성과 소멸을 목격했다. 사람들은 조직 속에서 경쟁에 이기기 위해 다른 팀이나 팀원들과 전략적 제휴나 동반관계를 맺으며 그 환경에 대한 영향력을 행사하게 된다. 어쩌면 사람과 사람, 조직과 조직의 관계는 불교에서 말하는 연기법과 밀접하게 닮았다고 할 수 있다.

남이 잘 되면 기뻐해 주고 남이 잘못될 때 안타까워 해줄 줄 아는 마음가짐, 그것이 필요한 것이나. 치열한 생존경쟁의 전쟁터에서는 남의 불행이 곧 나의 행복이라며 즐거워하는 사람들이 있다. 그러나 그것은 순간의 쾌락일 뿐이다. 모든 사람들은 행복해질 권리가 있고, 서로 같이 동반 성장할 때 진정한 즐거움을 나눌 수 있는 것이다.

세상 사람들은 남의 집 담을 넘는 이를 도적이라고 한다. 남의 집 담을 넘다 쫓기는 도적보다 더 큰 도적은 세상의 은혜와 은덕 속에서 살면서도 갚을 줄 모르고 자신을 속이며 사는 우리 자신들인지도 모른다. 노식은 한때 자신이 처한 절망적인 상황의 원인을 모두 남의 탓으로 돌린 적이 있었다. 자신은 잘못한 게 없는데 남들이 자신을 곤경 속으로 몰아넣었기 때문에 고통스러운 거라고 생각했다. 물론 사실일 수도 있고 아닐 수도 있다. 그러나 그건 시간이 지나서 보면 아무런 의미가 없는 일이다. 과거보다 현재가 더 나은 상황이라면 분명히 누군가로부터 도움이 있었기에 가능한 일인 것이다. 자신의 노력만으로는 한계가 있을 수 있다.

노식은 항상 감사하며 살기로 했다. 사람이 절망 중인 줄 알아도 그 고난의 시간을 견디고 나면 더 굳센 힘이 길러졌음을 깨닫게 된다. 불교에서 말하길 인과응보라고 했던가. 모든 것이 한 만큼 돌아오게 되어 있다. 남에게 해를 끼치면 그 해가 결국 자신에게 돌아오게 되어 있다. 그것은 시간이 더 걸리고 덜 걸리는 차이일 뿐 필연적으로 이루어지게 되어 있다. 그런 의미에서 노식은 중대 빡, 대대 빡(사람들은 그렇게 부른다) 두 사람에게 고마움을 느낀다. 모진 시련을 통해서 노식에게 힘을 길러 주었기 때문이다.

4

'호랑이는 굶어도 풀을 먹지 않는다' 는 말이 있다. 한반도에서 과연 군복무가 우리에게 어떤 의미를 가지고 있을까. 무엇 때문에 존재하는 것인가. 세상에는 공짜가 없다. 이것은 대부분의 사람들이 모두 공감하는 사실이다. 강원도 최전방에서 군복무를 한 진구는 군복무를 어떠한 수단이나 편법으로 기어이 기피하려는 사람들이 있음을 볼 때 안타까움과 함께 서글픔을 느꼈다.

"노블레스 오블리주가 실종된 사회에서 우리가 기대할 것은 더 이상 아무것도 없어."

얼마 전 한 언론사에서 대학생들을 상대로 국가의 위기 상황이 닥쳤을 때 군대에 자원하겠느냐는 질문에 놀랍게도 51%의 젊은이들이 절대로 군대에 가지 않겠다고 답했다는 것을 들었다. 라디오 방송을 통해 그 소리를 들은 진구는 순간 가슴에 짠한 통증이 오며 눈시울이 뜨거워졌다.

과연 누구의 책임인가. 얼마 전에 언론을 통하여 대대적으로 보도가 된 지도자급 인사들의 자녀 국적 포기 사태는 그 규모도 규모지만 내용 면에서는 더더욱 충격적이었다. 이른바 '사회 지도층 인사'들의 자녀 국적 포기 사례가 이만 저만 심각한 것이 아니라는 것이다. 그들 중엔 군 장성급 출신 인사도 상당수 포함되어 있다니 입만 열면 나라 사랑을 강조하던 그 '상무정신'은 다 어디로 가 버렸단 말인가.

멀리 갈 것도 없다. 자신도 군 장교로 복무한 사람이면서 자신의 아들은 가까운 곳에 있는 사단의 피엑스(PX)병으로 근무시킨 작자가 있다. 바로 강덕수다. 그러면서도 회사 내 예비군 대원들 중 현역으로 군복무를 마치지 않은 직원들을 보면 틈만 나면 비아냥거렸다.

"저것들이 인간이야? 순 싸구려 족속들이야. 군대도 안 갔다 오고 말이야, 자식들이."

자녀들의 군복무를 기피하게끔 방조한 사회지도층 인사들의 면면을 보면 가장 모범이 돼야 할 사람들이 가장 파렴치한 편법을 동원하여 자녀들에게 세상을 아주 쉽게 살아가는 요령을 가르쳐 주고 있는 것이다. 그 자녀들이 또다시 편법을 동원하여 우리 사회에서 가장 상층부의 집단에서 활동을 한다면 결국 이 나라는 반드시 총체적인 위기가 오고야 말 것임은 자명한 사실이다.

어떤 이는 한국 사회에서 노블레스 오블리주를 이야기하는 것은 적합하지 않은 것 같다고 말한다. 도대체 실종될 만한 노블레스 오블리주가 있기나 했는지 의문이 든다고 한다. 한편으론 이해할 만도 하다. 지도층의 도덕적 엄격성이 한국 사회에서 일정한 흐름으로 자리 잡지 못했음을 강조함일 수도 있다. 명예를 가지려면 그만큼 사회적 의무도 함께 책임질 수 있어야 진정한 지도자의 덕목을 갖추었다고 할 수 있기 때문이다.

진구는 틈만 나면 그 가벼운 입으로 부하 병사들에게 상무정신을 강조하였을 장군들에게 감히 한마디 해주고 싶다.

물령망동 정중여산(勿令妄動 靜重如山)
가벼이 움직이지 마라. 침착하게 태산같이 무겁게 행동하라.

바로 이순신 장군이 부하들에게 지시하며 몸소 행동으로 실천한 말이다. 번쩍이는 별을 이마와 양 어깨에 달고 온갖 휘장을 자랑하면서도 뒤로는 한낱 잡배들보다 못한 오늘날의 장군들이 가슴에 새기고 또 새겨야 할 덕목인 것이다.

초등학생들도 다 알고 있는 내용이지만 한국 사회에서 분명하게 존재하였던 살아있는 노블레스 오블리주를 실천한 분이 있다. 그가 바로 살아 있는 상무정신 이순신 장군이다. 대한의 군바리들은 그분의 생애를 통하여 자랑스러운 '참군인 정신'과 나라사랑의 길을 영원토록 가슴속에 아로새겨야 할 것이다.

가난한 선비 집안의 평범한 인간으로 태어나서 충효, 책임, 용기, 희생, 솔선수범 등과 같은 올바른 삶의 지표(指標)를 설정하여 무수한 곤경을 이겨낸 이순신의 생애와 사상을 통해 우리는 그를 성웅(聖雄), 영웅(英雄)이라고 부르면서 존경하고 그의 리더십과 인물성을 본받으려 하고 있다.

또한 백의종군(白衣從軍) 기간에는 계급도 없이 나라를 위해 싸웠을 정도로 이순신 장군에게는 개인의 명예는 안중에 없었고 오로지 국가의 안위만을 걱정하였다. 그는 오로지 국가안위를 위해 개인의 명예를 버렸기 때문에 더 큰 명예를 얻었던 것이다. 우리는 그것을 상무정신이라고 부른다.

오늘날에 개인과 일족의 무사안일을 위하여 명예를 헌신짝처럼 던져버린 잘난 장군들에게는 아무리 강조해 보아도 쇠귀에 경 읽기일 것이다. 자신의 무사안일을 위하여 걸레처럼 버렸던 국적을 나중에 또다시 자신들의 성공과 부귀를 위하여 되찾으려는 시도를 할지도 모른다. 진구는 그들이 아예 다시는 돌아오지 않기를 간절히 기원했다.

우리는 흔히 사회의 일부 부정적인 모습들을 보게 되면 세상이 다 그렇다는 식으로 현실과 타협하기 쉽다. 그러나 그 잘못된 세상 속에는 우리 자신도 포함되어 있다는 것을 생각해 보아야 한다. 세상이 다 그렇더라도 나만은 그렇지 않아야겠다는 마음가짐, 이것이 이 사회를 지탱해 나가는 힘이 아닐까. 옛날의 지도자상은 주로 '군림형'이었다. 그래서 엄격함과 비범성이 필요했을 것이다. 그러나 오늘날의 정보화, 민주화 사회에서의 지도자상은 '봉사형'이어야 할 것이다. 지도자가 되려면 먼저 실천해야 한다.

한여름 사람들을 지치게 했던 열대야도 어느새 꼬리를 감춰버리고 아침저녁으로 제법 쌀쌀해지고 있다. 진구는 질기게도 가을이 오지 않을 것 같더니 요즈음 기분 좋은 가을 냄새에 계절의 고마움을 느꼈다. 하지만 그것도 잠깐이고 이제 두꺼운 옷을 입어야 하는 계절이 왔다.

"가을이 조금 더 길면 좋으련만."

진구는 지난 추석연휴를 조금 길게 받은 덕분으로 그동안 못 만났던 친구들을 찾아보며 사는 모습들을 둘러보았다. 대부분이 잘나지도 못 나지도 않은 평범한 소시민들이다. 흔히 하는 말로 다들 고만고만하게 살아가고 있다. 진구도 그들과 별 다를 게 없는 부류다. 동창 중에 한 녀석이 어떤 재주를 부렸는지 얼마 전에 시내에서 이름이 제법 뚜르르하게 알려진 아파트로 이사를 갔다. 어렵게 집 장만한 것을 모두 진심으로 축하해주며 한턱 쏘라고 부추기며 모처럼 즐겁게 술잔을 나누었다.

"야, 야 오늘 기분도 거시기한데 동식이 네가 술 한잔 사라. 집도 우리 중에서 최고로 넓고 화려한 데 살잖아. 좋겠다, 자식."

제법 분위기가 무르익고 취기가 오를 무렵 동식은 갑자기 푸념을 늘어놓았다. 표정이 어두워 보이기에 좋은 집에 살면서 왜 그러느냐고 물어보았다. 동식이 하는 말이 다 속 빈 강정이라는 것이다.

"내가 너무 꼴 같잖게 억지로 비싼 중도금 밀어 넣으며 억대에 가까운 대출까지 받았어. 요즘 환장하겠어."

옆에 있던 친구 용수가 요즘 직장생활하면서 집 장만하려면 그 정도는 기본이라며 위로를 해 주었다. 용수도 어려운 집안 형편에 힘들게 공부해서 겨우 큰 회사에 다니며 고만고만하게 생활하고 있다. 그도 얼마 전에 어렵게 겨우 아파트 한 채 마련했었다. 동병상련(同病相憐)일까. 그 녀석들이 힘들게 느끼는 건 다른 게 아니다. 남 하는 대로 다 따라 하지 못해서 불만인 마누라들 때문이다. 없이 살아도 그냥 저냥 행복했던 동네의 삶들이 오히려 그립다는 것이다. 요즘엔 남편들보다 마누라들이 더 힘들어 한다는 것이다.

"우리가 언제부터 그렇게 잘살게 되었는지 모르겠지만 생각하건대 소비풍토가 크게 잘못돼 가고 있는 것 같아."

진구가 먼저 말을 꺼내자 친구들 모두 동의했다.

"그래 진구 말이 맞아, 우리가 너무 간뎅이가 부었어."

친구들의 말을 더 들어보면 아이들과 마누라가 새로운 동네에 이사 가면서부터 부쩍 스트레스가 쌓여 힘들어한다는 것이다. 비싼 아파트 단지에 살아서인지 이웃들이 서로 사는 형편을 비교하면서 은근히 경쟁하고 시샘하며 무시하는 경향이 있다는 것이다. 자기는 해외여행을 어디로 갔다 왔는데 누구 네는 갔다 왔냐는 등, 또는 어느 레스토랑이 참 좋던데 그런 곳도 아직 못 가봤냐는 등 하면서 은근히 비아냥거린다는 것이다. 한번은 집에 있던 옷차림으로 동네슈퍼에 갔다 오니 이웃집 아줌마가

"어머 누구 엄마는 옷을 그렇게 입고 밖에 다니느냐?"며 무안을 주더라는 것이다.

그 아파트 단지에 사는 사람들이 직업이 뭐냐고 물으니 다 박사고 의사고 그렇더라는 것이다. 누가 그러더냐고 물으니 자기 신랑들 직업이 그렇다고 하더라는 것이다. 그래서 자존심이 상한 용수의 아내는 덩달아서 명품쇼핑을 나니고 과소비를 히는 버릇이 생겼단다. 진구가 듣기론 그 아파트에 입주한 주민들 중 실제로 상위계층에 속하는 부류는 몇 명 되지 않는 것으로 알고 있다. 직장 동료들도 그 동네에 있고, 아는 사람들도 꽤 많이 살고 있었다. 그 사람들의 직업은 대부분 평범하다. 요즘 기본이라는 대출도 억대 가까이 또는 억대가 넘게 받고 잔뜩 빚을 진 채 입주한 사람들이 많이 있다.

"웬 놈의 박사, 의사? ……허허허, 여편네들이 도대체 왜 그럴까?"

친구들 중 한 녀석은 대기업 생산직에 근무하는데 그 빚 때문에 잔업, 철야, 특근을 해 대느라 골병이 들 지경이었다. 더구나 마누라의 과소비까지 어깨를 눌러 대니 더 죽을 지경이다. 또 한 녀석은 사무직인데 그놈은 고정 월급쟁이라서 추가로 돈 나올 구멍이 없으니 더 환장하겠단다.

"우리나라가 요즘처럼 흥청망청 소비할 정도로 정말 잘 살게 된 것일까. 그렇다면 소비를 하면서 한쪽 가슴이 뻥 뚫린 것처럼 허전하고 또 그로 인해 스트레스가 쌓이며 부부싸움을 해대는 이유가 무엇일까. 남들이 하니까 나도 하고 싶은 것은 인간의 욕망이기에 탓할 수는 없겠지만 다 형편대로 살아야 스트레스가 덜할 게 아닌가."

갈수록 부익부 빈익빈의 양극화가 커지면서 불만들이 쌓여만 간다. 그 스트레스를 애꿎은 이웃들에게 서로 시샘하고 과시하면서 풀려는 이상한 분위기가 확산되는 것은 아닌지 한번 생각해 볼 일이다. 도토리 키재기 하면서 마치 자기가 상류층이 된 것처럼 착각하는 것은 아닌지. 강덕수도 예외일 수 없었다. 은행에서 일억씩이나 대출받아 분양받은 아파트가 절반이나 미분양 사태가 발생한 것이다. 그 후 실제 분양가를 훨씬 밑도는 가격에 분양되는 사례가 일어나고 매매는 형성이 되지 않고 있었다.

"그러니까 욕심을 부리지 말아야지."

엎친 데 덮친 격으로 일과시간에 뻔질나게 골프를 치러 다니던 강덕수는 골프장에서 바이어 접대를 하던 공장장과 마주치고 말았다. 결국 경고에 감봉처분을 받은 강덕수는 입에 자물쇠를 채우고 살 수밖에 없었다.

5

5월 어느 날, 전직 대통령의 갑작스런 서거 소식에 온 국민이 충격과 함께 비통한 마음에 젖어있었다. 그분은 생을 마감하기까지 참으로 파란만장한 과정을 거친 비운의 정치인이었다. 재임기간 내내 정적들로부터 갖은 수난을 받아야 했고 퇴임 이후에까지 확인사살을 당하며 슬픈 생을 살아야 했다.

든 자리는 못 느껴도 빈자리는 크게 허전한 법이다. 한국정치사에 큰 획을 그은 어른으로서 이 땅의 민주화를 위해 헌신한 그분의 발자취는 새삼 설명하지 않아도 모든 국민들이 알 것이다. 그러나 평소 대통령을 좌파 빨갱이라고 비난하며 입에 거품을 물던 강덕수는 만면에 웃음을 흘리며 다녔다.

"새끼들, 죄를 많이 지었으니 그렇게 죽지."

진구는 머리꼭지가 홱 돌았다. 평소에 그분을 존경하고 있었던 터라 주변사람들이 비난을 할 때면 은근히 화가 치밀어 올랐는데 죽은 사람에게까지 비난을 하자 강덕수가 짐승처럼 보였다.

"중대장님, 그 말씀 좀 가려가면서 하시죠."

"뭐야?"

덕수는 진구를 째려보았다. 진구는 목소리를 더 높였다.

"그렇게 죽은 것도 억울한데 무슨 죄가 있다고 아직까지 그렇게 씹어 돌립니까?"

덕수는 특유의 그 느물거리는 표정으로 세간에 가십거리로 유행하던 시계 이야기를 꺼냈다.

"돈 받아 처먹었으면 됐지, 1억 원짜리 시계까지 처먹어?"

진구는 인내의 한계를 느끼며 고함을 질러버렸다.

"나잇살이나 처먹어서 사람에 대한 예의가 없어. 나이는 똥구멍으로 처먹나?"

덕수는 그만 얼굴이 벌개져서 밖으로 나가버렸다.

"이놈의 정권은 뭐가 그리 두려운 게 많단 말인가?"

서울에는 지금 경복궁 분향소에 1분의 조문을 위해 많은 시민들이 몇 시간씩 줄을 서서 기다려야 하는 상황이다. 경찰에서 불법 시위와 집회를 막기 위해 경찰차량과 병력을 동원해 압박통제를 하고 있기 때문이다. 전직 국가지도자에 대한 조문과 불법폭력시위를 억지로 연관 지으려는 것은 한 대 패주고 싶을 정도로 너무나 얄미운 발상이다.

예로부터 광장을 두려워하는 자들은 예외 없이 폭군이든가 독재자들이었다. 그들은 한결같이 백성들의 목소리가 두려웠기 때문에 입에 재갈을 채워놓아야만 안심을 하는 무리들이었다. 이놈의 정권은 취임 초기부터 언론과 방송을 장악하더니 시위 및 집회도 신고제에서 허가제로 바꿔 자기들이 취사선택해서 허가해 주고 있다. 그것을 보면 그들이 얼마나 국민들을 억압 통제하려는 것인지 쉽게 알 수 있다.

전직 대통령이 극단적인 선택을 하기까지 일련의 과정을 되돌아보면 분명히 현 정권은 무엇을 두려워하고 있는 것이 틀림없었다. 진구는 이미 정치적으로 식물인간이 된 분을 그렇게 모질게 몰아붙여 확인 사살까지 했어야만 했는지 묻고 싶었다. 현직 대통령보다 퇴임한 전직 대통령이 국민들로부터 존경 받고 지지를 얻는 것이 눈엣가시였던 것은 아닐까? 나날이 추락하는 자신의 지지율을 의식한 나머지 위기를 느꼈던 것인지도 모른다.

현 정권은 정적의 아킬레스건을 자르고도 안심이 안 되는지 전직 대통령의 사후에도 국민들이 구름처럼 운집하는 것이 두려워 통제하고 차단하려는 것은 아닌가 생각해 볼 일이다. 역사를 살펴보면 청년들과 학생들이 존경하고 따르는 분들은 대부분 맑고 순수한 영혼을 간직한 채 세상을 떠나갔다. 김구 선생과 문익환 목사가 그들이다. 살아계신 분들 중에는 백기완 선생과 함세웅 신부, 문규현 신부가 있다. 한결같이 이타적인 삶을 위해 헌신하신 분들이다. 독재를 하는 자들은 그분들처럼 맑은 영혼을 가진 사람들이 내는 목소리를 두려워했다. 맑은 영혼을 두려워하는 자들은 결국 어둠의 자식들이라는 것으로 해석이 된다. 어둠을 좋아하는 무리들은 아마도 악마가 아닐까 생각해본다.

전직 대통령의 임기 중에 많은 재야 단체나 노동, 농민, 시민단체들도 보수단체들 못지않게 매질을 가했었다. 그러나 그들이 가한 매질은 진심으로 애정 어린 충고였기에 가신 분의 영정 앞에서 더욱 마음 아플 것이다. 그분을 추종하는 단체 회원들보다 그들이 더 안타까워하는 것을 보면 알 수 있다. 이놈의 정권이 국민들에게 죄를 많이 짓긴 지은 모양이다. 국민들의 순수하고 자발적인 추모의식조차 불법시위 및 집회로 변질될 우려가 있다는 이유로 차단하려는 것을 보니 무언가 크게 두려워하는 것이 있는 모양이다.

현 정권이 국민들 앞에 그렇게 당당하고 떳떳하다면 광장이 아니라 청와대라도 활짝 열어주이야 한다. 뒤가 구린 구석이 많은 사람일수록 대부분 폐쇄적이기 마련이다. 적어도 전직 대통령의 재임기간 동안에는 좌, 우 양쪽에서 무수히 날아오는 매질을 묵묵히 인내하고 감내하면서도 광장의 문은 닫지 않았다. 그것이 진정한 민주주의 국가인 것이다.

독재자들은 본시 겁이 많은 법이다. 박정희가 그랬고 전두환이 그랬다. 총칼로써 권력을 찬탈했기에 총칼이 아닌 다른 방법으로는 권력을 유지하는 방법을 몰랐기 때문이다. 그들은 가장 무식하고 손쉬운 방법으로 세상을 지배하고 통제했었다. 세월이 많이 흐른 지금도 그 방식을 답습하려는 무리들이 있다. 여당과 현 정권이 바로 그들이다. 그들은 이 제 총칼이 아닌 몽둥이로써 국민들을 다스리려 하고 있다.

혹시 현 정권과 그 수하들은 사디즘의 정신질환자들은 아닌지 의심이 간다. 국민들의 인내심을 끊임없이 자극하고 폭발시켜 그것을 보고 즐기려는 것은 아닌지. 세상이 바뀐 지금도 그런 무식한 방법이 과연 통할까? 어리석은 현 정권의 수하들은 지금이라도 늦지 않았으니 정신 차려야 할 것이다. 전직 대통령을 벼랑 끝으로 몰아붙인 것은 여당뿐만이 아니다. 제일 야당과 기타 정당들도 마찬가지다. 지금 네 탓 내 탓하며 책임추궁을 해봐야 의미 없고 부질없는 일일 수도 있다. 하지만 이번 사건을 이용해서 야당이 여당에 정치적 반격을 가하겠다는 계획이 있다면 접어야 할 것이다. 국민들이 더 이상 신물 나고 짜증나는 정쟁을 두고 보지는 않을 것이다.

정치인들은 백성들이 편안하면 그 역할이 줄어들고 입지가 좁아지기 때문에 끊임없이 백성들을 괴롭히며 밥을 먹고 산다는 말도 있다. 아마도 그것은 맞는 말인 것 같다. 하지만 이제는 국민들이 직접 심판할 것이다. 더 이상 보고 있지만은 않겠다는 것이다.

진구는 국민들이 이제 더 이상 많이 배우고 똑똑하고 잘난 사람들만 정치하게 내버려두지 말고, 민중 속에서 사람을 발굴해 기성 정치판을 확 물갈이 해버렸으면 좋겠다는 생각을 했다. 많이 배운 사람들을 믿고 지지를 보내 줬더니 결국 이타적이기보다 이기적인 정치를 하고 있지 않은가. 영악한 사람 말고 정직한 사람들을 많이 발굴해 정치판으로 보내어 짜증나는 정권을 국민의 힘으로 확 갈아 엎어버렸으면 좋겠다는 생각을 했다.

이미 일어난 일은 되돌릴 수도 없다. 모두가 겸허히 반성하고 숙연하게 가신 분이 편안하게 영면할 수 있도록 안식을 기원 드려야 할 것이다. 그리고 이 나라가 진정한 자유민주주의 국가라면 지금이라도 광장의 문을 활짝 열어야 한다. 조문객들의 목줄을 죄어봐야 현 정권이 얻을 것은 아무것도 없다.

주변에서 언제부터인가 정치권의 난장판으로 인한 스트레스가 국민들 속으로 깊이 파고들면서, 주된 관심사로 정치권 뉴스보도에 귀를 기울이는 시민들이 부쩍 많아졌다. 스트레스를 느끼면서도 관심을 가지게 되는 것은 그만큼 위정자들로 인한 실망과 분노를 많이 느꼈다는 것이다. 반면에 전혀 무관심한 시민들도 있게 마련이다. 대화를 하다 보면 정치권 이야기가 나오면 슬그머니 화제를 바꾸는 사람들도 있다.

노식은 그동안 정치권 뉴스보도에 촉각을 세우면서 다른 볼일을 미루어 오던 중 지난 주말 모처럼 산악회 회원들과 어울려 산행을 갔었다. 조금 멀리 떨어진 곳으로 가는 도중 장시간 버스 안에서 모 가수의 공연 실황 녹화테이프를 보며 잠시 모든 것을 잊을 수 있었다. 그 가수가 하던 말 중에 기억에 남는 것은 우리 모두가 누구 할 것 없이 세상을 살아가면서 가슴속에 크고 작은 못이 한두 개씩은 박혀 있다는 것이다. 그것을 작은 못으로 생각하면 그만큼 즐겁게 살아갈 수가 있는 것이고 큰 대못으로 생각하면 그만큼 힘에 겨운 생활을 하고 몸에 병도 생긴다는 것이다.

국민들 가슴에 커다란 왕 대못을 박은 정치인들은 이제 조금 후면 그 죗값을 응당 치를 것이고, 우리 지역에서 무슨 일이 일어나고 있는지조차 모른 채 또는 가족들 중 무슨 고민이 있는지 잊어버리고 살지는 않았는지 주변을 한번 돌아보아야 할 것 같다.

노식은 가까운 진해에서 벚꽃축제가 언제 열렸는지도 모른 채 무언가에 홀린 듯 한동안 정신없이 보낸 것 같은 생각이 들었다. 그날 산행 도중 한 회원이 "다른 데서는 사람들이 정치권에 관한 이야기를 잘 하던데 산에 와서는 전혀 그런 이야기 하는 사람들이 없네……"라고 말하자 또 다른 회원이 "밑에만 오염되었으면 그만이지 산에까지 와서 오염시킬 일이 있습니까?"라는 대답을 하였다.

스트레스를 날려버리기 위해서 오른 산행에서 스트레스를 가중시키지 말자는 뜻의 이야기였다. 그리고 또 한 가지 진구가 그분들에게 한 이야기가 있다. 그 화제를 꺼내서 서로 공감을 하면 좋은데 서로 다른 정치적 지향이나 지지자들을 생각한다면 그동안 친하게 지내 왔던 분들이 감정 상하지나 않을까 조심하자고 했다. 그래도 나이가 지긋하신 회원 한 분이 그동안은 몰랐는데 요즘 젊은 사람들이 왜 저렇게 정치권을 비난하고 집회를 하고 사람들을 바꿔야 한다고 외치는지 나이든 사람들도 이제는 들을 줄 알아야 한다고 말씀하시는 것을 듣고 오늘 산행을 참 잘 왔구나 하는 생각이 들었다.

돌아오는 길에 진구는 오랜만에 산악회 회원들과 어울려 기분 좋게 막걸리도 한잔 하고 언제 피었는지조차 몰랐던 길가의 개나리꽃과 벚꽃들을 유심히 한번 보게 되었다. 그리고 한동안 막내 녀석에게 동화책을 통 읽어주지 못해서 미안한 마음도 들었는데, 이번 주말은 꼭 가족과 함께 보내리라 다짐을 하며 잠깐이지만 돌아오는 버스 안에서 모처럼 기분 좋은 낮잠을 청했다.

파라산문

김장(어머니)
― 이은경

어느 여름의 잡상(雜想)
― 신상만

이은경

대한문학세계 수필 부문 등단
대한문학세계 신인문학상 수상
꾸준한 작품 발표, 도예 창작활동(인사동 도예전
시회 2회 참가)

김장(어머니)

요즘은 김장하는 시기가 자유로운 편입니다.

김치 냉장고가 없던 시절엔 지역에 따라 김장시기가 거의 정해져 있었지요.

추운 지역에서는 배추가 얼기 전에 김장하려고 서둘렀지만, 따뜻한 지역은 김치가 시어지는 것을 방지하려 김장 시기를 늦춰 잡았습니다. 먹거리가 마땅치 않던 시절이니 채소가 나지 않는 한겨울을 나려면 엄청나게 많은 김치를 담아야 했고, 김장 시기가 거의 비슷하다 보니 김장철이면 젓국 끓이는 냄새가 동네에 진동했습니다.

예전엔 북쪽에 사시는 시어머니께서 김장을 먼저 하셨지만, 어느 때부터인가는 오히려 친정어머니가 먼저 김장을 해서 보냅니다. 그리고 나면 어김없이 시어머니의 전화를 받게 됩니다. 김치 담아갈 그릇 준비해서 오라고.

며느리 셋은 연례행사하듯 김치통을 준비해서 시댁에 모입니다.

어머니는 연천(경기도)에서 텃밭을 가꾸며 배추도 심고 고추도 심고 농사일을 소일로 삼습니다.

자식들에게 얹혀살기 싫다시면서도, 먹거리를 자식들에게 공급하는 낙은 놓지 않으십니다.

김장 때만 되면 시어머니께 죄송한 맘이 들곤 합니다.

손수 기르신 배추와 고추 등 거의 자급한 재료를 준비하시고, 소금에 절여 깨끗이 물기를 뺀 배추에 속에 넣을 양념까지 준비를 마치신 후 우리를 부르는 것이니까요. 각자 담아갈 만한 통만 준비해서 모인 세 며느리는 자신이 가져갈 양만큼만 양념에 버무려 들고 가면 김장은 끝입니다. 내가 생각해도 얌체 같은 미운 며느리들입니다.

그동안 아들들과 손주들은 마당에 숯불을 피우고 삼겹살을 구워서 호강합니다.

우리 집 김장은 힘겨운 행사가 아닌, 축제의 한마당이라 할 만합니다.

저는 자식들에게 줄곧 얘기해 왔습니다. 난 내 삶을 살겠다고, 자식을 위해 희생을 하며 살진 않겠다고.

시어머니의 자식 사랑을 보며 나도 어머니처럼 할 수 있을까? 반성해 봅니다.

시어머니께서도 매년 그러십니다. "올해까지만이다. 내년부턴 못 해 준다."

헌데 전 씨 집안에 시집을 온 지 이십 년이 지났지만, 매해 어김없이 김장 호출이십니다.

맛있는 김장 김치를 오래 먹으려면 어머님께서 건강하셔야 할 터인데, 염치없는 생각을 해 봅니다.

김장, 한겨울 우리 식탁을 지켜준 고마운 먹거리이기도 했지만, 훈훈한 추억의 보고이기도 합니다.

워낙 많은 김장을 하려면 이웃의 도움이 필수였지요. 아마 미리 김장

일 순서를 정했을 듯싶습니다. 워낙 큰 연중행사였으니까요. 일손을 서로 품앗이하는 고운 미풍이지요.

아이들은 배추 뿌리를 물고 뛰어다니고, 김장이 끝나면 인심 좋게 나눠들 먹던 정겨운 김장. 노란 배춧속에 양념을 싸서 먹던 그 맛도 잊기 어려운 어린 시절의 고운 추억입니다.

한겨울 살얼음이 살짝 언 김장김치를 꺼내 꽁지 부분만 잘라내고 뜨거운 밥에 걸쳐 먹으면, 입안에 가득하던 그 감칠맛!

생각만 해도 입안에 침이 가득 고입니다.

아마 시어머님의 김장 호출이 곧 있을 것입니다. 올해 김장을 할 때는 미리 가서 도와드려야겠습니다.

내년까지 먹을 김장김치, 올핸 더 맛있게 담아야지.

—어머니 건강하게 오래 사세요.

신상만

파라문예 동인

어느 여름의 잡상(雜想)

우리 병원에도 의료보험이 실시된 뒤부터 환자가 갑자기 늘게 되어 얼마 전 소아과 병실과 외래 진찰실을 옮기게 되었다. 마침 얻게 된 내 진찰실이 하필이면 영안실이 바로 내려다보이는 햇볕 잘 드는 창이 있는 방이었다.

그전에 쓰던 방은 건물구조가 창가로부터 두 겹 세 겹 방들에 둘러싸여 있었는데 앞에는 과장님 진찰실, 오른편에 동료 진찰실, 왼편에 정신과 진찰실, 뒤에는 신경외과 진찰실이 자리잡은 바람 한 점 안 통하는 밀폐된 방이었다. 겨울이면 천장에 달린 통풍구에서 더운 바람이 나오고 여름이면 시원한 바람이 나와 추위와 더위를 모르고 지낼 수 있었지만, 아침에 맑은 하늘을 보고 출근하여 퇴근할 때 비로소 비가 꽤 많이 내린 걸 알고 놀랄 때도 있었다.

병원 출근민 해도 전에 살던 조그만 아파트에서는 택시 잡기가 별로 어렵지 않아 같은 대학 동료들과 서너 명이 합승하여 잡담하며 출근하는 재미가 있었는데, 마침 안 사람의 덕으로 당첨된 조금 더 큰 아파트로 옮기고 보니 출근 역시 여의치가 않았다. 아침마다 부지런을 피운다고 옛 능과 숲이 보이는 길을 따라 합승하는 곳까지 걸어도 보았지만 어떤 날은 너무 이르고 어떤 날은 합승차를 놓치고 출근에 늦을까 안달하기 일쑤였다.

날씨는 덥고 짜증은 나는데 마침 10여 년간 헤어져 소식을 모르던 옛 친구로부터 남해안 포구에 마음 맞는 사람끼리 가족 동반해서 피로를 풀고 오는 것이 어떠냐는 연락을 받고 그것도 괜찮겠다는 생각이 들었다. 여행 보따리에 가정 상비약 몇 가지를 꾸려 넣고 얼마 전부터 재미 붙인 카메라 기구들을 챙겨 넣고 따라 나섰다. 고속버스 뒷자리에서 엔진의 열기를 느끼며 목적지에 도착하니 언젠가 한번 와본 고향의 느낌을 받았다.

이번 자리를 마련해 주신 유치원 원장님 내외분이 정말 반갑게 우리들을 맞이해 주셨다. 고깃배들이 늘어선 선창가 대폿집에서 오랜만에 멍게, 바다장어 회도 먹어 보고 새벽같이 안사람들이 부지런 피워 고른 싱싱한 생선회도 맛보았다. 저녁이면 같이 모여 노래도 부르고 열띤 토론도 해 보았지만 피로는 풀리지 않았다. 통통배를 타고 조금 떨어진 섬에 올라 해수욕도 하고 가족사진도 찍어 주고 물에 빠진 아이가 살아나는 것도 보고 하얗던 내 등도 벌겋게 달아올랐다.

일주일의 휴가가 끝나 다시 출근이 시작되었지만 새카맣게 그을린 피부에 병원 친구들은 놀라기도 하고 반가워하기도 하는데 껍질 벗겨진 등이 아려서 견디기 힘들었다.

퇴근 무렵 진료실에서 잠시 생각에 잠겨 있으려니 영안실 쪽의 울음소리가 거세게 한차례 지나고 영구차가 떠난 후 뒤따라 요란한 엔진소리와 함께 소독차가 내뿜는 소독약의 안개가 독가스처럼 내 시야를 가린다.

다시 마음을 가다듬으니 이 해의 뜨거운 여름이 영사 필름처럼 순서를 가지고 눈앞에 지나간다.

이 뜨거운 여름도 얼마 후면 서늘해질 것이며 생각지 않았던 강렬한 여름바다를 즐겼으니 다시 찾아올 가을맞이 채비를 해야겠다. 좀 더 밝고 활기찬 가을이 되게 하기 위하여–

파라문예 **10**

발행처 · 시인의 파라다이스
발행인 · 채 런

제작판매 · 도서출판 **청어**
대 표 · 이영철
영 업 · 이동호
기 획 · 천성래 | 이용희
편 집 · 방세화 | 이서윤
디자인 · 김바라 | 서경아
제작부장 · 공병한
인 쇄 · 두리터

등 록 · 1999년 5월 3일(제22-1541호)

1판 1쇄 인쇄 · 2014년 4월 30일
1판 1쇄 발행 · 2014년 5월 10일

주소 · 서울 서초구 효령로55길 45-8
대표전화 · 586-0477
팩시밀리 · 586-0478

홈페이지 · www.chungeobook.com
E-mail · ppi20@hanmail.net
ISBN · 979-11-85482-32-3(04810)
        979-11-85482-38-5(04810)(세트)